KLEIDER, KLEIDER...

Bibliografische Information der Deutschen Nationalbibliothek: Die
Deutsche Nationalbibliothek verzeichnet diese Publikation in der
Deutschen Nationalbibliografie; detaillierte bibliografische Daten
sind im Internet über dnb.dnb.de abrufbar.

Verlag: BoD · Books on Demand GmbH, In de Tarpen 42,
22848 Norderstedt, bod@bod.de

Druck: Libri Plureos GmbH, Friedensallee 273, 22763 Hamburg

ISBN 978-3-7693-7483-4

Annie Huault

KLEIDER, KLEIDER...

33 Geschichten, hautnah

An Stella
Für das Unverwüstliche in ihr

Kleidung mag wie eine Bagatelle erscheinen, aber ihre wichtigste Funktion ist nicht, uns warm zu halten. Sie verändert unsere Sicht auf die Welt und die Sicht der Welt auf uns.

Virginia Woolf, Orlando, 1928

TEXTILIEN

Das rosafarbene Kostüm

Die Weltgeschichte hat sich nicht an meinen Namen erinnert, und da dies so ist, werde ich ihn auch heute noch verschweigen. Ich werde für immer im Schatten dessen bleiben, was meine Finger in meiner Karriere als Schneiderin am prächtigsten geschaffen haben. Ich habe nichts damit zu tun, es ist die Weltgeschichte, die das Schicksal von Menschen und Dingen bestimmt.

Mein Werk wird nun unter strengen Sicherheitsvorkehrungen im US-Nationalarchiv in Maryland aufbewahrt, in einem fensterlosen Raum, bei konstanter Temperatur und einer Luftfeuchtigkeit von 40 %. Bis zum Jahr 2103. Wenn die Frist abgelaufen ist, werden die Nachkommen der Familie benachrichtigt, falls es Nachkommen gibt. Caroline hat diese Klauseln im Jahr 2003 festgelegt. Hundert Jahre lang, denn das ist ihr Wille, soll das blutige Kostüm ihrer Mutter jedem neugierigen und leicht voyeuristischen Auge entzogen bleiben.

Die wenigen Experten auf diesem Gebiet behaupten, dass das Kostüm intakt sei und keinerlei Veränderungen erfahren habe. Sollte ich mich darüber freuen? Ich kann die Frage nicht beantworten, da dieses blutbespritzte Kleidungsstück zum Symbol eines geschundenen und trauernden Amerikas geworden ist.

Es war ein strahlend schöner Tag, dieser 22. November 1963, als John und Jackie Kennedy aus dem Flugzeug stiegen und sich in das Cabrio setzten, das sie durch die Straßen von Dallas fahren sollte. Jackie hatte eigentlich einen Regenmantel mit Leopardenmuster tragen wollen, aber die milden Temperaturen hatten sie dazu bewogen, ein rosafarbenes Chanel-Kostüm auszuwählen. Außerdem hatte ihr Mann nicht gesagt, dass sie in diesem Outfit *ravishing* sei und die Massen erobern würde?

Ich blättere im Album meiner Erinnerungen und schwelge in süßen Gedanken. Meine Jahre im Atelier *Bei Ninon* gehören zu den schönsten meines Lebens. Ich war jung, attraktiv, verliebt und hatte Finger wie eine Fee. Schon als Kind konnte ich mit Nadel und Faden umgehen, spielte an meiner eigenen kleinen Maschine und kleidete meine Puppen und die meiner Freundinnen ein. Aus einem Nichts kombinierte ich Outfits, von denen eines bezaubernder war als das andere. Ich hörte nie auf.

Von allen Weihnachten meiner Kindheit erinnere ich mich nur an ein Geschenk: ein weißes Nähkästchen mit Mickey Maus darauf. Dieses Nähkästchen hatte ich mir gewünscht, gewünscht... Ich war Dutzende Male an dem Spielzeugladen vorbeigegangen. Ich kam ängstlich an, aber der Druck fiel von mir ab, sobald ich es erblickte: Das Nähkästchen war immer noch da, im Schaufenster, im Vordergrund. Es wartete nur auf meine kleinen Schuhe.

Als ich mit achtzehn Jahren die Chance bekam, als *seconde main* bei einer der besten Adressen in New York, Park Avenue 5, anzufangen, wusste ich, dass meine Karriere in eine entscheidende Phase eingetreten war. Diese Chance musste ich nutzen, denn sie würde sich nicht ein zweites Mal bieten. Ich hatte die Tür zur Haute Couture geöffnet.

Der Ausdruck mag kurios erscheinen, aber man muss sagen, dass das Haus damals einen ganz besonderen Status hatte. Weder entwarf es Modelle, noch fertigte es Kopien oder gar Raubkopien an. Es hatte mit den großen Pariser Häusern, insbesondere Givenchy, Dior und Chanel, einen Vertrag abgeschlossen, der es ihm erlaubte, die Modelle selbst zusammenzustellen. Der Stoff, der Schnitt und die Knöpfe kamen direkt aus Paris, aber unter unseren geschickten Händen nahm das Kleidungsstück Gestalt an. Wenn es fertig war, brachten wir das Etikett *Bei Ninon in New York* an und nicht bei *Chanel in Paris*. Für unsere wohlhabenden Kundinnen war es von großem Vorteil, Garderobe *Made in America* zu erwerben. Sie hatten ein gutes Gewissen, da sie die amerikanische Wirtschaft unterstützten und sich aktiv am Wahlprogramm ihrer Männer beteiligten. Jackie Kennedy war eine von ihnen.

Ich arbeitete seit vier Jahren *Bei Ninon* und war mittlerweile ausgebildete *première main,* als der Bouclé-Stoff auf meinem Nähtisch landete. Ich war sofort von der Farbe begeistert. Es war kein pudriges Rosa, kein Lachsrosa und schon gar kein Babyrosa. Es war ein kräftiges Rosa, das der Trägerin Schwung und Kühnheit verleihen würde, davon war ich überzeugt.

Ich hatte eine Vorliebe für strukturierte Wollstoffe. Ich weiß noch, dass ich sofort Lust hatte, mit diesen Stoffen zu arbeiten. Jedes Mal war es dasselbe Szenario: Kaum hatte ich einen Stoff ertastet, der mir gefiel, überkam mich eine Art Rauschzustand, der meinen Geist ganz in Anspruch nahm. Ich stellte mir einen Schnitt vor, suchte nach der perfekten Übereinstimmung von Form und Material. Ich war nur eine einfache Schneiderin. Ich hatte keine Entscheidungskompetenz, aber wenn das Modell, das ich anfertigen sollte, dem entsprach, was ich mir vorgestellt hatte, empfand ich eine innere Befriedigung, die ich nur mit mir selbst teilte.

Das Chanel-Kostüm war damals der Renner. Es brachte den Frauen die Bewegungsfreiheit, die ihnen die von Dior in den Nachkriegsjahren aufgezwungene Korsettlinie verwehrte. Die amerikanische Frau hatte in der Zeitschrift *Life* vom September 1961 die gesamte Chanel-Kollektion entdeckt, eine Reihe von Kostümen mit verschiedenen Varianten von Jacken und Röcken: Jacken mit Rundhalsausschnitt oder mit Pelzbesatz, lange oder Dreiviertel-Ärmel, einfache oder gekreuzte Knöpfe, gerade oder leicht ausgestellte Röcke, immer unterhalb des Knies. Das rosafarbene Kostüm mit marineblauem Revers war Teil dieser Kollektion.

Später sollte ich erfahren, dass Mademoiselle Chanel immer wieder sagte: „Zeigen Sie die Oberschenkel, ja,... aber nie das Knie!".

Unsere First Lady war damals auf dem Titelblatt der Zeitschrift zu sehen. Sie posierte in einem zweifarbigen Kleid aus écrufarbenem Wollstoff von Oleg Cassini mit diesem Titel:

The First Lady
Sie erzählt von ihren Plänen für das Weiße Haus
Ich war sehr stolz darauf, dass ich ausgewählt worden war, dieses Kostüm zu schneidern. Er bestand aus einer kurzen, überkreuzten Jacke mit Dreiviertelärmeln und goldenen Knöpfen, mit doppelten Taschen auf der Vorderseite, die mit marineblauem Taft gesäumt waren. Wusste ich zu diesem Zeitpunkt, dass es für Jackie Kennedy bestimmt war? Mein Gedächtnis versagt ein wenig.

Im Atelier hatten wir ein Mannequin mit exakt denselben Maßen. Ihr Name war Susan Stewart. Sie trug die Modelle, die wir herstellten, mit unnachahmlicher Eleganz. Da Susan sehr fotogen war, konnte die First Lady anhand des Fotokatalogs eine Vorauswahl treffen und sicher sein, dass ihr die Outfits perfekt passen würden. Ich blieb mit Susan in Kontakt. Sie hat ihr eigenes Label gegründet, das auf Seidenschals spezialisiert ist. Sie lächelt immer noch, wenn sie davon erzählt, wie die First Lady sich in ihr spiegelte. Jackie Kennedy entdeckte sie durch die Fotografien, sie entdeckte die Modelle an Jackie durch das Fernsehen und die Zeitschriften. Die beiden Frauen sind sich nie begegnet.

Ich hatte nur wenige Wochen Zeit, um das Modell anzufertigen. Ich weiß noch, dass mir die Ärmel Schwierigkeiten bereiteten. Es war unmöglich, die richtige Senkrechte zu finden! Jedes Mal entwich der Ärmel nach hinten! Als er schließlich gerade fiel, konnte ich mich an die Feinarbeit machen. Das gehört zum Handwerk. Man darf nicht zögern, so lange aufzutrennen, bis das Ergebnis perfekt ist. Zum Glück hatte ich die Geduld und das Durchhaltevermögen!

Ich habe alle Fotos von Jackie gesammelt, auf denen sie das Kostüm trägt. Hat sie ein anderes ebenso häufig getragen? Das frage ich mich. Immerhin hat sie sich bei sieben offiziellen Anlässen für das Chanel-Kostüm entschieden. Das erste Mal war es beim Verlassen der St. Stephen's Church in Washington im November 1961, dann im Oval Office des Weißen Hauses, wo sie von dem koreanischen General Chung Hee eine Truhe mit traditionellen Kleidungsstücken erhielt. Sie trug es auch auf einer Reise nach London 1962 oder, als sie im selben Jahr den Maharadscha und die Maharani von Jaipur empfing. Mein Lieblingsfoto ist jedoch ein inoffizielles, das während des Besuchs des algerischen Premierministers aufgenommen wurde. Man sieht sie von hinten, fast versteckt hinter einem Busch. Sie trägt einfache Ballerinas und hat ihre Handtasche auf dem Boden abgestellt. Sie hat den kleinen John auf ihren Arm gehoben, damit er die Militärparade beobachten kann. Das Kostüm sitzt wie eine zweite Haut.

Natürlich wollte ich 2001 um nichts in der Welt die Ausstellung verpassen, die das *Metropolitan Museum of Art* ihr widmete: *Jacqueline Kennedy: The White House years*. Susan war die Erste, die von der Veranstaltung erfahren hatte. Ich würde Outfits sehen, die ich genäht hatte, Susan-Outfits, die sie als Modell getragen hatte. Wir waren beide sehr aufgeregt.

Die Ausstellung bot uns eine schöne Überraschung. Wir kannten zwar einen Teil der Sammlung, aber diese farbenfrohe Garderobe unter einem Dach zu sehen, die schlichten, raffinierten Tages- und Abendkleider, war für uns eine echte Offenbarung. In unserer Vorstellung war Jackies Garderobe in den Schwarz-Weiß-Fotos der Magazine stecken geblieben.

Wir schwärmten von dem grauen Mantel mit dem berühmten *Pillbox-Hut*, den sie 1961 zur Amtseinführung ihres Mannes trug, von den einfarbigen Seidenensembles in Grün oder Rosa, die sie 1962 auf ihren offiziellen Reisen allein nach Indien und Pakistan trug, von dem langen Abendkleid mit dem passenden Spitzenumhang aus Bast, das sie 1961 im Elysee-Palast in Anwesenheit von

General de Gaulle trug. Wie konnte ich das nur vergessen? Ich hatte viele Stunden daran gearbeitet, bevor es in die Hände einer anderen Schneiderin gelangte, die auf *Flou*[1] spezialisiert war.

Wir machten eine Entdeckung nach der anderen.

Als ich die Ausstellung verließ, dachte ich unweigerlich an das Outfit, das fehlte und nie wieder im Rampenlicht stehen würde: das rosafarbene Chanel-Kostüm, das ich mit so viel Hingabe und Selbstlosigkeit genäht hatte und das in einer Dunkelkammer unter strenger Beobachtung stand.

---

1   „Flou" ist eine Herstellungsbezeichnung für weiche Kleider

Mit Nadel und Faden

Stella ist von echten Frauen umgeben. Echte Frauen tragen Seidenblusen. Sie will wie sie aussehen und kein Mädchen mehr sein. Sie näht ihre erste Seidenbluse. Sie wählt einen Kreppstoff von kräftigem Gelb, der mit großen weißen Blumen verziert ist. Steht mir dieses Gelb? Was ist mit den großen Blumen? Werde ich nicht zu sehr nach Dame aussehen?, fragt sie sich.

Ihre erste Seidenbluse zeigt sich rebellisch. Sie hat die Belege am Kragen, an der Vorderseite und an den Manschetten mit zu dickem aufbügelbarem Vlies versehen. Diese sind eingelaufen und spannen an allen Ecken und Enden. Ich möchte am liebsten aufgeben, alles wegwerfen und vergessen, sagt sie zu sich selbst. Es ist zu schwer, eine Frau zu sein. Stoff und Frau in den Müll werfen?

Doch plötzlich erfasst sie eine Welle der Hartnäckigkeit und Beharrlichkeit. Sie sucht nach einem Ausweg. An wen soll sie sich wenden? An welche Frau? Frau Kowalski! Warum war ihr das nicht früher eingefallen?

Frau Kowalski leitet die Schneiderei *De fil et d'aiguille*. Bei ihr hat sie den Stoff gekauft, sie wird ihr sicher einen guten Rat geben. Sie zögert, bevor sie eintritt. Frau Kowalski ist eine entschlossene und kompromisslose Frau.

„Oh là là, das ist nicht sauber! Schauen Sie, das ist sehr schlecht geschnitten! Die Seide muss tadellos geschnitten sein, sonst läuft man direkt in eine Katastrophe, ja, tadellos geschnitten! Sie haben richtig gehört."

Sie greift nach der Bluse, verschwindet nach hinten.

Stella hört das metallische Geräusch eines Bügeleisens. Sie kommt zurück. So, ich habe den Beleg so weit wie möglich gedehnt, mehr kann ich nicht tun. Sie steckt Stecknadeln ein und verschwindet wieder.

„Kommen Sie, kommen Sie!", ruft sie aus ihrem Atelier. Stella lässt sich nicht lange bitten. Endlich darf sie diese geheimnisvolle Höhle betreten. Sie hatte schon immer davon geträumt, einmal hinter die Kulissen zu blicken. Jetzt scheint die Zeit für den Ritterschlag gekommen. Sie zweifelt nicht daran, dass sie am Ende ein bisschen weniger Mädchen, ein bisschen mehr Frau sein wird.

„Ich verrate Ihnen einen Trick. Bei kleinen Teilen wie dem Kragen oder den Manschetten müssen Sie zunächst die Einlage auf die linke Seite eines Stoffstücks aufbügeln. Erst danach stecken Sie das Schnittmuster auf den bespannten Stoff und schneiden das Teil zu. Außerdem haben Sie eine viel zu dicke Vlieseline gewählt, Sie haben H 200 genommen, ist das richtig?"

Stella wagt nicht zu antworten, dass sie tatsächlich die H 200 genommen hat.

„Für Seide benötigen Sie eine dünne, leichte und dehnbare Einlage. Es ist die G 785, die geeignet ist. Haben Sie sich das gemerkt? G 785!"

Frau Kowalski steht auf und sucht im Regal nach der passenden Rolle. Sie dreht Stella den Rücken zu. Sie trägt einen weißen Hosenanzug mit feinen schwarzen Streifen. Kein Abdruck eines Slips, denkt Stella, als sie ihren perfekt geformten Po in der Hose betrachtet. Der Schatten eines Tangas? Ja, das ist es! Sie trägt einen Tanga.

Frau Kowalski dreht sich um und zeigt die Bespannung. „Sehen Sie? Sehr leicht und dehnbar!"

Stella registriert jedes noch so kleine Detail im Atelier. Auf Bügeln hängen die Kleidungsstücke, die gerade fertiggestellt werden: eine Tunika mit Raglanärmeln aus bunter Seide, ein Ärmel muss noch angebracht werden; eine leuchtend rote Jacke, der geschneiderte Kragen hängt vorne herunter und wartet darauf, zusammengesetzt zu werden; eine Bluse aus champagnerfarbenem Organza, es fehlen nur noch die Knöpfe. Auf einer Schneiderpuppe befindet sich eine Jacke aus geprägtem Damast wie ein kleiner Soldat; auf einem Tisch ausgebreitet vergeht vor Langeweile ein geschickt drapiertes Abendkleid – weit weg von seiner Auftraggeberin. So muss es sein, wenn man eine Frau ist: Diamanten und Abendkleid tragen.

An der Wand hängt ein einzelnes Bild. Es zeigt eine Frau im Profil, die auf einem Stuhl am Fenster sitzt und sich vor ihrer Nähmaschine niedergelassen hat. Ihr dichtes rotes Haar verdeckt ihr Gesicht. Sie konzentriert sich auf ihre Arbeit.

Frau Kowalski folgt Stellas Blick.

„Ich liebe dieses Bild von Edward Hopper!", sagt sie und legt gleich nach:

„Die Seide, Sie haben sie mit Dampf gebügelt, das sehe ich! Seide wird nie mit Dampf gebügelt, haben Sie es begriffen? Nie!"

„Jetzt sind Sie wieder an der Reihe. Aber beim nächsten Mal werden Sie gleich daran denken! Wenn Sie zwei oder drei Seidenblusen genäht haben, werden Sie sehen, dass es ganz von selbst geht. Aber denken Sie daran: Den Stoff muss man genau zuschneiden!

Und jetzt einen Glückscent, bitte! Ich will ihn unbedingt haben! Eine Schneiderin gibt nie ihre Nadeln her, das bringt Unglück. Also entweder ziehe ich alle meine Nadeln heraus oder Sie geben mir einen Cent."

„Einen Cent, habe ich einen Cent?" Ja, ich habe einen. „Hier, nehmen Sie!"

Seidenbluse

An einem sonnigen Nachmittag hatte Stella mit Marion, ihrer neuesten Freundin, in der Stadt Tee getrunken. Sie hatten sich auf einer Kulturveranstaltung kennengelernt, erinnert sich Stella. Jean-Philippe Blondel stellte sein Buch *Mariages de saison* vor und sie saßen nebeneinander in der Buchhandlung. „Er kommt aus Troyes, genau wie ich", hatte Marion ihr ins Ohr geflüstert. Vier Jahre waren vergangen, und sie hatten es zur Gewohnheit gemacht, sich montags zum Wandern in den umliegenden Wäldern zu treffen.

Auf dem Rückweg waren sie an einer Modeboutique vorbeigekommen, und bevor Stella auch nur eine Bewegung gemacht hatte, war Marion hineingegangen und hatte sie mit den Worten „Komm, wir schauen uns um!" mit sich gezogen. Kaum hatte Marion diesen Satz ausgesprochen, hatte sie zwei Blusen von einem Ständer genommen, auf dem die Kollektion herbstliche Materialien und Farben zeigte. Stella zuckte innerlich zusammen, denn es war das erste Mal, dass sie mit einer Freundin ein Modegeschäft betrat. Sie hasste es, bei der Auswahl ihrer Kleidung begleitet zu werden. Eine Freundin zu beraten, war völlig neu für sie. Ein Gefühl von Stress überkam sie. Sie musste ihre Meinung sagen. Sie wusste aus Erfahrung, dass die Wahrnehmung, die man vor dem Spiegel mit einem neuen Kleidungsstück auf den Schultern hatte, so persönlich und intim war, dass keine andere Person es nachfühlen konnte. Stella misstraute den Verkäuferinnen und ihrem kategorischen Urteil.

In der Zwischenzeit war Marion vor den Spiegel getreten und hielt eine Bluse in einem leuchtenden Orange unter ihr Gesicht. Früher hatte Stella leuchtendes Orange sehr gemocht. Sie hatte sich einen Rock, einen Schal und sogar einen Umhang in dieser Farbe genäht. Sie hatte sie immer wieder getragen. Es war die Zeit, in der sie grelle Farben als Schutz trug, aber wovor, das konnte sie nicht sagen. Ihr Geschmack hatte sich geändert, jetzt verletzte das grelle Orange ihre Augen. Es passte nicht zu Marions Hautfarbe, da war sie sich sicher und regelrecht erleichtert, als Marion das von sich aus sagte. Ihre Freundin verschwand in der Umkleidekabine und kam mit einer viel zu großen Bluse in Waschblau mit weinroten Arabesken und Rüschen heraus. „Ich hänge sie schnell wieder auf den Bügel", sagte Marion und ging zurück in die Kabine.

Stella ließ ihren Blick über das Sortiment der Kleidungsstücke schweifen, die dort vor ihren Augen hingen. Dann entdeckte sie eine hellblaue Baumwollbluse. Hellblau war nun ihre Farbe. Sie nahm sie an sich, denn die Farbe passte zu ihr. Die Bluse hatte einen originellen Schnitt, einen Falteneinsatz im Rücken und die gleichen Falten am unteren Teil der Ärmel, die ihnen einen bauschigen Effekt verliehen. Sie musste nachdenken und ließ sie zurücklegen. Am nächsten Tag würde sie wiederkommen, um sie anzuprobieren, und dann würde sie die Entscheidung treffen, ihrem ersten Impuls zu widerstehen und sie nicht zu kaufen. Denn die Bluse konnte nur wie eine Tunika über der Hose getragen werden. Die Weite des Stoffes verbarg ihre schmale Taille. Außerdem würde die Verkäuferin ihr anvertrauen: „Sie werden mit dieser Bluse nicht glücklich sein!" Stella hatte ihre Ehrlichkeit geschätzt.

Nachdem Marion die Kabine verlassen hatte, setzte sie ihre Suche energisch fort. Stella fürchtete diese hektische Anprobe wie die Pest. Sie verursachte einen Wirbel in ihrer linken Gehirnhälfte, von dem sie sich erst nach zwei Tagen erholte. Sie hatte ihre Lektion gelernt: Zwei Teile anprobieren, höchstens drei. Aber Marion schien nicht im Geringsten beunruhigt zu sein. Sie setzte ihre wilde Suche fort und nahm eine neue Seidenbluse in die Hand. 750 €, aber diesmal, nein, das war zu viel des Guten, es hatte keinen Sinn, sie anzuprobieren. Sie wollte den Laden schon verlassen, als sie in einem letzten Anlauf eine Bluse mit einem Blumenmuster auf einem gebrochen weißen Hintergrund entdeckte. Eine Bluse wie eine Wolke am Frühlingshimmel, leicht und luftig mit durchsichtigen Puffärmeln.

„Probiere sie an!", forderte Stella sie auf und war erstaunt über ihre eigene Kühnheit. Marion verschwand in der Kabine, kam wieder heraus und stellte sich vor den Spiegel.

„Wow! Unglaublich, wie gut sie dir steht!" Stella war verblüfft, dass sie so mühelos ein Urteil fällen konnte, und freute sich über das Strahlen ihrer Freundin, die fast verklärt wirkte, so gut passten die Farbe und das Muster zu ihrem Hautton. In diesem Moment warf Stella ihren ursprünglichen Grundsatz über Bord, sich unter keinen Umständen in den Kleiderkauf einer anderen Person einzumischen. Sie wiederholte ihre Komplimente und wurde von ihrem eigenen Überschwang mitgerissen. Marion drehte sich um die eigene Achse und lächelte Stella und der Verkäuferin zu. Die Bluse hatte eine Frau gefunden, die sie perfekt tragen konnte.

Wanderlook

Stella posiert für das Startfoto. Sie trägt eine sand-farbene Hose und ein sandfarbenes Wanderhemd. Das Hemd ist offen und gibt den Blick auf ein gelb-grünes T-Shirt frei. Stella umklammert den Teleskopgriff ihrer Reisetasche, als ob sie sich an ihm wie an einem Rettungs-ring festhalten wollte. Auf dem Foto hat sie ein Gesicht, das ihr nicht ähnlich sieht, und doch ist sie es, ein Teil von ihr, der ihr fremd ist.

Der Shuttlebus, der die Strecke Straßburg – Frankfurt bedient, lässt auf sich warten. Eine diffuse Angst über-kommt sie. Sie ahnt, dass die Reise nach Istanbul anstren-gend und schwierig sein wird. Sie wird ihr keine Ruhe gönnen.

Bereits am Abend zuvor hatte sie ein unglaublicher Stress erfasst, als es um das Packen ging. Sie hatte diesen Moment von Stunde zu Stunde hinausgezögert. Und doch musste sie es tun. Wenn sie verreisen wollte, musste sie einen Satz Kleider mitnehmen.

„WAS WERDE ICH ANZIEHEN? WAS WERDE ICH ANZIEHEN?"

Diese Frage kannte sie nur allzu gut. Seit einem Jahr war das Thema Kleidung zur Obsession geworden. Es ver-nebelte all ihre Gedanken, verursachte Krämpfe in ihrer linken Gehirnhälfte. Das Tragen von Kleidern wurde zur Qual. Sie fühlte sich in allem eingeengt. Sie konnte es nicht verstehen. Mit ihren achtundvierzig Kilo hatte sie ihre mädchenhafte Figur behalten. Doch egal, wie sehr sie zwischen Rock und Hose jonglierte, es half nichts: Die Umklammerung war da, unerbittlich, wie ein Schraubstock.

Sie hatte ihren Kleiderschrank geöffnet und das grüne Leinenkleidchen, den langen, blumenbestickten Rock, die rosafarbene Bluse, das rote Damastkostüm und die weite Hose mit Bundfalten herausgenommen. Sie hatte sie auf ihr Bett gelegt und einen langen Seufzer ausgestoßen.

Als sie sie zusammenfalten wollte, um sie in ihre Tasche zu legen, begann alles in ihrem Kopf herumzuwirbeln. Sie konnte sich auf nichts mehr konzentrieren. Es gab nur noch das: ein Durcheinander und ihre Unfähigkeit, es zu beherrschen. Sie verstand nicht, was mit ihr geschah.

Schließlich hat Stelle das kleine Leinenkleid, den langen, blumenbestickten Rock, die rosafarbene Bluse, das rote Damastkostüm und die weite Bundfaltenhose wieder in den Schrank gelegt. Sie wusste, dass sie sie nicht tragen konnte. Also griff sie mit müdem Gesicht nach der Wanderhose, dem passenden Hemd und drei T-Shirts. Mit diesem Outfit konnte sie zumindest ihre Nerven im Zaum halten. Sie würde sich keine Fragen stellen müssen. Sie würde immer die gleiche Kleidung tragen. Istanbul war, soweit sie wusste, kein Wanderziel par excellence, aber sie würde so tun, als ob...

Victor, ihr Lebensgefährte, sagte es ihr immer wieder: „Ich mag dich so, wie du bist, egal, welche Kleider du trägst." Aber Stella wusste, dass es so nicht weitergehen konnte und dass sie alles tun müsse, um aus diesem Sumpf, in dem sie steckte, herauszukommen. Sie verlor sich in seinen blauen Augen und sagte sich, dass diese eines Tages nicht mehr für sie, sondern für eine andere leuchten würden, und dann würde sich ihr Leben wie ein Ruderboot von einem großen Schiff lösen und auf gefährliche Riffe zusteuern. Zurzeit hatte sie die Situation mehr oder weniger im Griff und ließ alles über sich ergehen.

Im Shuttle-Bus zum Flughafen döst sie vor sich hin. Als sie im Flugzeug sitzt, blättert sie in dem illustrierten Reiseführer, den sie sich vor einer Woche gekauft hat. Die Hagia Sophia, die Blaue Moschee und der Topkapi-Palast ziehen an ihren Augen vorüber. Sie lockert den Gürtel ihrer Hose und streicht mit der Hand über ihren Bauch. Selbst wenn sie eine Wanderhose trägt, ist sie von der Angst besessen, einen Bauch zu bekommen. Sie träumt davon, eine normale Touristin zu sein, einen Ort nach dem anderen zu besuchen und zu schwärmen. Vor allem träumt sie davon, sich aus diesem tiefen Sumpf herauszuziehen.

Von ihrem dreitägigen Besuch wird Stella nur eines behalten: die Scham, die ihr anhaftet. Die Scham, in Wanderkleidung zu sein, während sich um sie herum eine bunte Menschenmenge drängt. Die Frauen tragen westliche oder orientalische Straßenkleidung. Ihre ganze Aufmerksamkeit ist auf diese Frauen gerichtet, die durch die Straßen ziehen, auf das, was sie tragen. In diesem Spiegelbild wird sie ständig auf das zurückgeworfen, was sie selbst trägt. Es ist kühler als erwartet. Stella zittert in ihrer viel zu leichten Hose.

Sie schämt sich, und sie hat Angst, eine undefinierbare Angst, die ihr das Gefühl für ihren eigenen Körper nimmt. Sie spürt, dass sie wie diese Frauen sein könnte, mit einem schönen Kleid oder einer gutsitzenden Hose, aber etwas in ihr ist richtungslos geworden. Sie ist nicht mehr Herr der Lage.

Ein Moment der Ruhe blieb ihr in Erinnerung. Am dritten Tag war sie nach Eyüp hinaufgestiegen, einem friedlichen Ort an den Ufern des Goldenen Horns. In diesem Dorf ließ sich die wohlhabende Elite beerdigen. Imposante Mausoleen säumen die Straßen, die zu einer Moschee führen. Zypressen zieren den Weg. Sie hatte den osmanischen Friedhof durchquert, auf dem die Grabsteine von gewöhnlicheren Menschen standen. Sie blieb an einigen von ihnen stehen und machte sich ein Spiel daraus, anhand der in den Stein gehauenen Feze, Hüte und Turbane den Rang oder die einstige Beschäftigung der Verstorbenen zu erraten. In diesem Garten der Toten fühlte sie sich endlich wieder lebendig. Der Duft von Pinien und Zypressen berauschte und belebte sie.

Auf dem Gipfel des Hügels angekommen, hatte sie den einzigartigen Blick auf das Goldene Horn genossen, bevor sie das *Café Pierre Loti* betrat, einen Ort wie aus einer anderen Zeit mit Antiquitäten aus dem 19. Jahrhundert und einem Kellner in zeitgenössischer Kleidung. Den Besitzern zufolge kam Pierre Loti hierher, um die Stadt zu betrachten, die ihn faszinierte. Manchmal wurde er von einer türkischen Frau begleitet, seiner Muse, die er in dem Roman *Aziyadé* beschreibt. Der Duft von geröstetem Kaffee hatte Stellas Geschmacksknospen erregt. Sie hatte sich in eine Ecke gesetzt und zwischen einem Tee und einem Kaffee geschwankt. Schließlich hatte sie einen Tee und Baklava bestellt. Am liebsten hätte sie die Zeit angehalten, wäre regungslos dagestanden und hätte die Gefühle, die sie überkamen, in eine magische Kiste gesperrt. Ein angenehmes Kribbeln breitete sich in allen Verästelungen ihres Gehirns aus.

Eine Stunde später hatte sie den Abstieg in Angriff genommen und sich der bunten Menschenmenge angeschlossen. In der Istiklalstraße war sie zusammengezuckt, als sie im Schaufenster einer Modeboutique ein Spiegelbild ihrer Silhouette sah. „BIN ICH DAS? BIN ICH DAS WIRKLICH?", rief sie, ohne einen Ton hervorzubringen.

Jeans Blues

Stella parkt in der *Chaussée du Sillon* in St Malo. Sie steigt aus ihrem Wagen, öffnet die hintere Tür und nimmt einen Schal aus Rohwolle heraus, dessen gezackter Rand mit kleinen Blumen verziert ist. Sie trägt einen hellblauen Kaschmirpullover, eine gerade geschnittene Jeans und schwarze lederne Chelsea-Stiefel. Es ist Spätsommer, noch nicht Herbst, eine frische Meeresbrise lässt sie ahnen, dass für die Stadtbesichtigung und den Strandspaziergang ein wenig Wolle auf den Schultern nicht zu viel sein wird. Sie liebt dieses Dazwischen, diese so einzigartige Helligkeit, die glücklich und nostalgisch macht.

Es gibt keine Menschenmassen, sie lässt sich Zeit. Sie schlendert den Deich entlang, der den Strand mit seinen Wellenbrechern aus Eichenholz überragt, die im 19. Jahrhundert errichtet wurden, um ihn vor der Kraft der Wellen zu schützen. Sie geht an der *Brasserie du Sillon* vorbei und kehrt um. Sich an einen Tisch mit Meerblick setzen, einen Espresso bestellen, ja, das will sie und tut es auch. Den Augenblick genießen, sich ihm vollkommen hingeben, sie weiß jetzt, dass das die einzige Sache ist, die lohnt. Sich auf den Fluss der Zeit einlassen – so formuliert sie es gerne. Sie betritt die Brasserie und geht zu dem kleinen Tisch in der Ecke. Es ist zehn Uhr morgens. Einige Gäste genießen ihren Kaffee, während sie die Tageszeitung *Ouest France* lesen, andere unterhalten sich bereits angeregt. Als der Kellner die Espressotasse auf den Tisch stellt, holt Stella wie üblich ihr bordeauxfarbenes Maroquin-Notizbuch hervor. Die Emotionen des Augenblicks erfassen, ein paar Notizen hineinkritzeln. Dann klappt sie es wieder zu, ihr Blick schweift über das Meer und verliert sich in den schillernden Reflexen der in der Sonne glitzernden Wellen. Bilder steigen in ihrem Gedächtnis auf, vermischen sich – sehr alte und neue. Sie kennt St. Malo schon seit Ewigkeiten. Der erste Badeausflug mit der Familie in ihrer Kindheit, Picknicks am Strand, der Bruder, der sich verirrt hatte, und das Entsetzen der Eltern. Die befestigte Stadt ist ihr Ankerplatz, zu dem sie in jeder Phase ihres Lebens wie auf einer Pilgerreise zurückkehrt.

Stella streckt ihre Beine aus und fährt mit der Hand über ihren Unterbauch. Sie kann es nicht fassen. Sie trägt Jeans und fühlt sich darin wohl. Sie sieht sich selbst vor zehn Jahren in derselben Stadt. Sie war aus dem Auto ausgestiegen und hatte entmutigt und müde geseufzt. Sie hatte mit einem unberechenbaren und unkontrollierbaren Körper zu kämpfen, der wie ein Diktator über ihr ganzes Wesen herrschte. Sobald sie eine Hose trug, die ihr passte, spürte sie, wie ihr Becken von einem SCHRAUB-STOCK umschlossen wurde, der all ihre Gedanken in Anspruch nahm. Es gab nichts anderes mehr als die nach vorn drückenden Hüftknochen. Sie war hilflos und verzweifelt. Obwohl sie sehr schlank war, konnte sie keine Hose tragen, geschweige denn Jeans ohne ständig zu leiden. Manchmal öffnete sie unauffällig den Reißverschluss. Platz... Platz machen... atmen, aber sie wusste, dass die Atempause nur von kurzer Dauer sein würde, dass der Albtraum wieder beginnen würde, sobald sie den Reißverschluss schlösse.

Aus Verzweiflung hatte sie sich angewöhnt, eine schwarze Hose mit Bundfalten aus einem fließenden Stoff zu tragen, in der die Umklammerung nicht so heftig war. Aber das war nur eine Notlösung. Sie schämte sich vor all den Frauen, die Jeans mit Leichtigkeit und Lässigkeit trugen. Denn es waren Jeans, die sie tragen wollte, Jeans und nichts anderes. Das spürte sie ganz genau. An dem Tag, an dem sie eine Jeans tragen könnte, wäre sie NORMAL und sie wäre FREI. Das war ihr Traum: Eine Jeans anziehen und vergessen, dass sie sie trug. Eine Jeans wie James Dean anziehen... An diesem Tag hätte sie das Spiel gewonnen.

Stella trinkt den letzten Schluck Kaffee. Dann löffelt sie die Crema aus der Tasse. Ihre Gedanken können sich nicht von dem lösen, was gewesen war. Eingesperrt in dem engen Gefängnis ihres Körpers hatte sie jahrelang gelitten. Ihre Jeans schnürte sie ein, drückte sie, fesselte sie, als trüge sie ein Korsett. Sie erinnert sich, dass sie damals in ihr Notizbuch *Schraubstockbecken* und etwas später *Federbecken* geschrieben hatte. Sie ahnte, dass ihr von *Schraubstockbecken* bis *Federbecken* ein Ausdauerparcours bevorstand, der sie durch alle Schichten ihres Körpergedächtnisses führen würde. In einem Anfall von Wut, gemischt mit einem Hauch von Zorn, hatte sie notiert:

Splash! Splash!

Den Panzer freisprengen

Leicht

Sexy

Erkunden

Stella hatte nichts mehr unter Kontrolle und konnte nicht loslassen. Sie suchte nach einer Karte, einem Kompass, einem Wegweiser, der ihr den Weg zeigte. Doch je mehr sie suchte, desto mehr verlor ihre Existenz ihre Konturen und ihre Klarheit. Sie trug in sich, in ihrem Becken eine andere als sie selbst. Wer war diese andere? Wie konnte man sie identifizieren? Und vor allem, wie konnte man sie aus ihrer Höhle herausholen? Ein Jahrzehnt wird nicht zu viel sein, um dieses Mammutwerk zu vollenden.

Eine Stunde später. Stella merkte gar nicht, wie die Zeit verging. Die Brasserie hat sich gefüllt, ohne dass sie es registriert hatte. Sie verstaut ihr Notizbuch in ihrer Tasche, legt eine Münze auf den Tisch, steht auf und geht zur Tür, wobei sie den Kellner mit einer Handbewegung grüßt. Sie geht auf die Stadtmauer zu. An der Porte St-Pierre angekommen, geht sie hinunter zum Strand, zieht ihre Schuhe aus, krempelt die Hosenbeine ihrer Jeans hoch und läuft über den nassen Sand. Es ist Ebbe. Sie rennt, außer Atem, bald packt sie die Kälte des Wassers, eine Welle nässt ihre Jeansbeine. Sie kehrt um und nimmt den kleinen Steinweg, der zum Inselchen *Grand Bé* führt. Als sie die Westspitze erreicht und das Granitkreuz mit Blick auf das Meer erblickt, bleibt sie stehen. Es ist dieser Ort nahe dem Klippenrand, den Chateaubriand zu seinem ewigen Wohnsitz erkoren hat. Keine Tafel, die den Namen des berühmten Schriftstellers anzeigt, nur die Erwähnung, die sie wiederentdeckt:

Ein großer Schriftsteller wollte hier ruhen, um nur den Wind und das Meer zu hören. Passant, respektiere seinen letzten Willen.

Für einen Moment streift sie der flüchtige Gedanke an ihre eigene Vergänglichkeit. „Was wird meine letzte Ruhestätte sein?", fragt sie sich nachdenklich, während sie sich in die Perspektive ihrer eigenen Endlichkeit vertieft. Ein plötzlicher Windstoß zerzaust ihr Haar und verfängt sich in ihrem Schal. Sie drückt ihn an sich, wendet sich ab und geht den Weg zurück. Bald wird die Flut kommen. Chateaubriand wird auf seinem Felsen der Einsamkeit überlassen, aber Stella schließt sich dem Leben der Menschen wieder an.

Annas Mäntel

Luisa hat über ein Jahr lang gewartet, bevor sie den Schritt wagt. Jetzt fühlt sie sich bereit. Sie öffnet Annas Kleiderschrank und schaut sich die Reihe von Mänteln an, die dort auf den Bügeln hängen, in Abwesenheit der Frau, die sie mit Leben und Bewegung gefüllt hatte: ein grau-gelb karierter Paletot, ein fuchsiafarbener Korolla-Mantel, ein leuchtend orangefarbener Umhang, ein nachtblauer Mantel mit fallenden Schultern, ein gerader Mantel aus roter gekochter Wolle mit schwarzem Samtkragen, ein bestickter Mantel mit engem Gürtel und ein Hahnentritt-Macfarlane. Diesen nimmt sie von ihrem Kleiderbügel. Sie faltet ihn sorgfältig zusammen und steckt ihn in eine große, hochwertige Papiertasche, auf der der Markenname *Tara Jarmon* steht. Der Macfarlane ist der letzte Mantel, den ihre Mutter vor eineinhalb Jahren, wenige Monate vor ihrem Tod, genäht hat. Von der ganzen Kollektion, die im Schrank hängt, sie kann nicht sagen warum, ist es in erster Linie dieses Kleidungsstück, von dem sie sich trennen will.

Luisa schwingt sich auf ihr Fahrrad, fährt über die Brücke, durchquert die Altstadt und ist nach zehn Minuten in der Friedrichsstraße, wo der *Frauenring* in einem Belle-Epoque-Haus untergebracht ist. Es handelt sich um einen Second-Hand-Laden, dessen Geschäftsmodell sie schätzt: Ehrenamtliche Frauen nehmen gegen eine geringe Gebühr Kleidung entgegen und bieten sie zu niedrigen Preisen zum Verkauf an. Mit dem eingenommenen Geld werden später karitative Projekte finanziert. Luisa ist Stammkundin, aber sie weiß, dass heute alles anders ist.

Eine ungewöhnliche Menschenmenge drängt sich durch den Eingang: darunter ein Dutzend Frauen mit großen Tragetaschen, ein Mann mit einem Einkaufswagen, denn im *Frauenring* wechseln nicht nur Kleidung, sondern auch Schuhe, Dekorationsartikel und Küchenutensilien den Besitzer. Der Laden war den ganzen Sommer über geschlossen und wurde erst vor zwei Wochen wieder eröffnet, sodass die Leute viel Zeit hatten, ihre Kleider zu sortieren.

Jede Person erhält eine kleine rote Karte, auf der eine Nummer steht. Luisa erhält die Nummer Vierzehn. Da die Nummer Neun gerade aufgerufen wurde, rechnet sie schnell nach. Fünf Personen sind vor ihr. Sie setzt sich an das Kopfende der Bank, nimmt den Mantel aus der Papiertasche und legt ihn auf ihren Schoß. Ohne es zu merken, knöpft sie ihn zu und wieder auf.

Das Bild ihrer Mutter, die sich über die Nähmaschine beugt, taucht auf. Für diesen Mantel hatte Anna sich von einem Modell von Madame Grès inspirieren lassen, das sie in einem Ausstellungskatalog gefunden hatte. Sie wollte so nah wie möglich an das Original herankommen.

Den Stoff für den Macfarlane hatte sie in Wien bei Komalka in der Maria-Hilfer-Straße 58 gefunden. Das Geschäft rühmt sich, der größte Stoffhandel in ganz Europa zu sein. Anna besuchte das Geschäft einmal im Jahr, manchmal auch zweimal. Jedes Mal kam sie ganz aufgeregt zurück und fand keine Worte, um die Wunder zu beschreiben, die sie entdeckt hatte. Luisa erinnert sich, dass ihre Mutter einmal, als sie etwa zehn Jahre alt war, mit einem blau-weißen Stoff mit Blumenmuster zurück-kam. Für Pfingsten war ein Familientreffen geplant, Mutter und Tochter sollten perfekt gekleidet sein.

Nummer 10!

Luisa zuckt zusammen und liest mechanisch die Nummer auf ihrem Karton. Die Vierzehn ist noch nicht an der Reihe. Sie hat Zeit.

Zu diesem Anlass hatte ihre Mutter ihr aus diesem Stoff ein Kleid mit Rüschen und einem Claudine-Kragen genäht. Luisa sieht sich noch vor sich: Sie wollte das Kleid nicht anziehen, sie hasste Kleider, sie wollte Hosen tragen, wie die Jungen spielen. Ihre Mutter hatte nicht nachgegeben, es sollte dieses Kleid sein und damit basta. Sie fühlte sich deplatziert, eingeengt, sich selbst fremd. Sie war erst zehn Jahre alt, aber diese Gefühle hatten sich in ihr Gedächtnis eingebrannt. Und dann war da noch Onkel Günther... Sie wollte auf die Toilette gehen, um Pipi zu machen, und ihre Mutter hatte gesagt: „Du bist groß, geh allein", und sie war Onkel Günther Auge in Auge gegenübergestanden. Sie hatte sofort gespürt, dass etwas Ungewöhnliches in der Luft lag. Er hatte sie recht süßlich angesehen, war auf sie zugekommen, hatte unter ihr Kleid gegriffen, ihre Schenkel und ihr Geschlecht berührt. Aus ihrer zugeschnürten Kehle hatte sie keinen Ton hervorgebracht. Es hatte nur ein paar Sekunden gedauert, ohne dass sie genau wusste, worum es ging. Aber sie hatte sich geschämt, das weiß sie noch heute, als hätte sich ein dünner Schmutzfilm auf ihre Schenkel, ihr Geschlecht, ihren Unterleib gelegt, sich zur Brust hochgeschoben und sich schließlich zu einem kompakten schwarzen Stein in ihrer linken Gehirnhälfte verdichtet. Sie war absolut unfähig gewesen, das Geschehene zu erzählen. Aber so etwas würde nie wieder passieren! Von nun an würde sie nur noch Hosen tragen! Sie hatte ihre Mutter so lange bearbeitet, bis sie endlich nachgab und ihr keine Kleider mit Rüschen und Claudine-Kragen mehr nähte.

Luisa weiß nicht, wie sie die Flut von Bildern, die in ihrem Kopf herumschwirren, eindämmen soll.

Nummer 12!

Oh, war ich so in Gedanken versunken, dass ich die Nummer Elf übersehen habe?, fragt sich Luisa. Die Frau neben ihr schnappt ihre Tasche, steht auf und verschwindet in dem Raum, in dem die Kleider angenommen werden. Luisa kann es sich auf der Sitzbank bequem machen.

Ohne zu wissen, warum, taucht in ihrem Gedächtnis eine andere Geschichte auf. Diesmal handelt es sich um ihre Mutter als junges Mädchen. Wie oft hatte sie ihr diese Anekdote erzählt. Anna war damals dreizehn Jahre alt. Ihr Vater hatte beschlossen, mit ihr in die Stadt zu fahren, um ihr einen Mantel zu kaufen. Sie wusste genau, was sie wollte: einen hellen Trenchcoat à la Humphrey Bogart. Auf dem Weg dorthin hatte ihr Vater verkündet, dass er ihr auf keinen Fall einen Mantel kaufen würde, der so empfindlich war. Schließlich waren Vater und Tochter in einem Bekleidungsgeschäft gelandet, das allerdings in den Augen des Mädchens nur Altmodisches zu bieten hatte. Sie liefen einem selbstbewussten Verkäufer in die Arme, der sogleich nach einem schrecklichen Mantel griff und versicherte, dass dies DER Mantel sei, den Anna brauche. Ihr Vater, erleichtert darüber, so billig davonzukommen, hatte zugestimmt und Anna, furchtbar unglücklich, musste das Kleidungsstück anziehen. Jedes Mal zeigte sie Luisa das gleiche Bild: hässlich in den Mantel gezwängt, den sie nicht gewollt hatte. „Schau mal, was ich für ein Gesicht mache!", sagte sie zu Luisa.

Zum ersten Mal verbindet Luisa die beiden Geschichten miteinander. Sie, die sich weigerte, Kleider und Röcke zu tragen, und ihre Mutter, die sich geschworen hatte, dass sie eines Tages alle Mäntel bekäme, die sie sich wünschte, dass sie sie selbst anfertigen würde, um von niemandem abhängig zu sein.

Nummer 13!

Luisa packt den Macfarlane wieder in die Tragetasche. Sie wird die Nächste sein und hält sich bereit.

Ihre Mutter war eine Exzentrikerin, die zu jeder Jahreszeit Mäntel trug und durch ihre ausgefallenen Schnitte und Farben auffiel. Manchmal grenzte die Kombination von beidem an Extravaganz. Eines Tages, als sie sie von der Schule abholte und den fuchsiafarbenen Korollamantel trug, rief Luisa aus: „Mama, kannst du nicht normal sein?" Es war ihr aufrichtiger Wunsch, dass ihre Mutter normal sein sollte, wie die Mütter ihrer Freundinnen. Ihre Mutter hatte große Augen gemacht, weil sie nicht verstand, worauf ihre Tochter hinauswollte. „Ja, normal wie alle anderen Mütter auch!" An diesem Abend hatte Anna sie beiseite genommen. „Luisa, ich weiß nicht, ob du das verstehen wirst. Ich brauche meine Mäntel. Ich brauche die strahlenden Farben. Sie schützen mich".

„Aber wovor denn, Mama?" Annas Gesicht hatte sich verfinstert. „Eines Tages, vielleicht, werde ich es dir erzählen, ja, eines Tages vielleicht...".

Nun ist ihre Mutter nicht mehr da und das Geheimnis der Farben bleibt ungelöst.

Nummer 14!

Luisa schnappt ihre Tasche, steht auf und verschwindet in dem Raum, in dem die Kleider angenommen werden. Sie weiß, wie er eingerichtet ist. Es gibt zwei Tische, einer für Schuhe und andere Gegenstände, der andere für Kleidung. Hinter jedem Tisch sitzen zwei ältere Frauen, die den Kleidungsstücken streng methodisch eine Nummer und einen Preis zuweisen und alles in ein Register eintragen. An der Wand gegenüber dem Fenster wartet ein Berg von Kleidern darauf, sortiert zu werden. Es gibt sie in allen Variationen: brandneue Kleidung in der Originalverpackung, kaum getragene Kleidung, aber auch verbeulte Kleidung, die den Abdruck eines Körpers auf sich trägt. Luisa hat keine Zeit, sich lange aufzuhalten, denn schon winkt ihr eine der Frauen zu.

Sie legt den Macfarlane auf den Tisch und zeigt das lose Blatt mit der Nummer. Die ältere Frau hält den Mantel in die Höhe, betrachtet ihn von allen Seiten und ruft dann aus: „Aber das ist doch ein handgenähter Mantel!".

„Ja, meine Mutter hat ihn genäht", erwidert Luisa, die unschlüssig ist, welche Miene sie aufsetzen soll. Die beiden Frauen beraten sich, um den Verkaufspreis festzulegen.

„20 €. Sind Sie einverstanden?", bevor sie hinzufügen: „Das ist ein ganz besonderes Stück! Wir werden es sofort in der Boutique zum Verkauf anbieten!"

Luisa stößt einen Seufzer der Erleichterung aus. Der Mantel wird nicht auf dem Kleiderberg landen.

Als sie den *Frauenring* verlässt und sich auf der Straße wiederfindet, fühlt sie sich wie benommen. Sie geht zu

Fuß die Straße hinauf und dann wieder hinunter. Diese zunächst zögerlichen, dann immer regelmäßiger und rhythmischer werdenden Schritte bringen sie in die Realität der Dinge zurück. Leblos und vertraut wartet ihr Fahrrad an der Mauer des Belle-Epoque-Hauses auf sie.

Sie atmet ein. Ein Gefühl der Leere überkommt sie, eine Leere, die eine kommende Fülle vorwegnimmt.

Als sie einen Monat später wieder im Laden vorbeikommt, ist der Macfarlane verschwunden.

Garderobe einer Verstorbenen

Man will die Ruhe der Verstorbenen nicht stören. Vor dem Schrank zögern wir. Ein Jahr ist vergangen oder vielleicht zwei oder gar zehn. Die Verstorbenen zwingen den Nachkommen durch ihre Abwesenheit ihre Regeln auf. Und dann, eines Tages, entschließt man sich, den Schrank zu öffnen, bedrückt und ein wenig beunruhigt. Ist das Öffnen des Schranks nicht ein Versuch, die vermisste Person zurückzuholen?

Zuerst sind da die Gerüche, die aufsteigen, ein Hauch von leicht verbrauchter, abgestandener Luft aus alten Textilien, vermischt mit einer blumigen Note aus Rose und Jasmin, dem Duft, den sie am meisten schätzte: Chanel Nummer fünf. Und in einer Reihe wie Zinnsoldaten hängen sie dort auf ihren Bügeln, leblos, Jacken, Kleider, Röcke, Hosen, Blusen. Vor allem Blusen, sie liebte Blusen, sie konnte nie genug davon bekommen. Einfarbige, gepunktete, karierte, geblümte. Wenn sie Kummer hatte, ging sie in die Stadt und kaufte sich eine Bluse. Wenn sie nach Hause kam, zog sie sich eine Hose an, knöpfte die Bluse zu, betrachtete sich im Spiegel, drehte sich nach rechts und dann nach links. So hielt sie die trübe Stimmung für einen Abend fern. Hose und Bluse, kombiniert mit einer ärmellosen Jacke, die sie über die Bluse zog. Das war das Outfit, das sie im Alter bevorzugte. Sie trug keine Röcke oder Kleider mehr. Sie hatte zugenommen und traute sich nicht mehr. Sie hatte es so sehr genossen, Kleider zu tragen.

Taillierte Kleider mit breitem Gürtel, drapierte Kleider, Wickelkleider.

Man lässt den Blick über die Garderobe schweifen, wagt es, das eine oder andere Kleidungsstück aus der Menge herauszuziehen. Dabei zieht ein Stück ihres Lebens an einem vorbei, ihres Lebens, das man mit ihr geteilt hat: Geburtstage, Ausflüge in die Region, Weihnachtsfeiern. Diese Jerseybluse mit Pailletten trug sie an ihrem achtzigsten Geburtstag. Sie hatte gesagt: Voilà, ich bin jetzt eine alte Frau, das ist das letzte Mal, dass ich sie trage. Sie achtete stets auf ihre Kleidung und ging immer mit Schmuck aus dem Haus. Als sie im Schlaf vom Tod überrascht wurde, trug sie eine kleine Kette mit Anhänger und Ohrringe. Im unteren Teil des Schranks entdeckt man ihre Schmuckschatulle, eine alte bordeauxfarbene Lederschatulle, die sich auflöst, weil sie so oft geöffnet und wieder geschlossen wurde. Man hebt den Deckel an, und zum Vorschein kommt SIE mit ihren Ringen, Halsketten, Broschen und Armbändern. Wir wissen bereits, dass wir uns von der Kleidung trennen können, nicht aber vom Schmuck. Es ist, als würde der Schmuck, mehr noch als die Kleidung, das Territorium der Verstorbenen für immer markieren. Man möchte sie als Andenken tragen, aber die Geschmäcker sind zu verschieden. Man schließt sie in einem Banktresor ein und rührt sie nicht mehr an.

Wir zögern noch. Neben dem Wandschrank befindet sich ein weiterer Schrank, den wir nie beachtet hatten. Was verbirgt sich hinter dieser Tür? Wir öffnen sie mit einer gewissen Befürchtung. Auf ihren Bügeln hängen drei *Dirndl*, diese alpenländischen Kleider mit engan-

liegendem Mieder und weitem Rock, die von der Volks-
tracht der Tiroler Bäuerinnen inspiriert sind. Eines der
Mieder ist vorne geschnürt, die beiden anderen sind zugeknöpft. Uns war nicht bekannt, dass sie sie als Relikte
aus glücklichen Zeiten aufbewahrt hatte. Hatte sie ab
und zu die Tür geöffnet? Erinnerte sie sich daran? Der
Krieg war vorbei und sie hatte gerade den Mann ihres
Lebens kennengelernt. Dann taucht ein Foto aus unserer Erinnerung auf. Sie sitzt auf einer Bank im Wald, sie
trägt ein *Dirndl* in Braun- und Orangetönen, sie schaut
ihrem Liebsten direkt in die Augen. Aber die anderen
beiden *Dirndl* haben wir nie gesehen. Später, wenn man
die Fotos aus ihrer Jugend sortiert, aus der Zeit vor dem
Krieg, der Zeit vor ihrem Liebhaber, entdeckt man eine
schöne, kokette junge Frau, die in einem *Dirndl* mit Blumenmuster an einem See posiert, und auf den Schulbän-
ken ein Mädchen in einem schwarz umrandeten *Dirndl*.
Wie konnte dieses Schulmädchen-Dirndl all die Jahre
überstehen? Es bleibt ein Rätsel.

Die Atacama Wüste

Es ist eine Fülle von Farben, eine so intensive Explosion, man kann kaum glauben, dass sie real ist. Man denkt, dass die Fotos retuschiert wurden, dass die Natur nicht so sehr mit Blau, Weiß, Rosa, Türkis, Ocker und allen Schattierungen von Braun spielen kann, und doch erstrecken sich die riesigen Felsflächen, die von der Hitze rissig gewordene Erde, die Vulkane mit ihren schneebedeckten Gipfeln, die mineralhaltigen Lagunen und die von zarten Flamingos bewohnten Salzwüsten, soweit das Auge reicht, unberührt von der Zeit und der Welt des Scheins. Manchmal eine Mondlandschaft, Sanddünen, geheimnisvolle Geysire und kleine Oasen – willkommen in der Atacama-Wüste, die zwischen dem Südpazifik und dem zentralen Vulkangebiet der Anden im Norden Chiles liegt! Touristen, die sich in die Wüste wagen, erleben einen Tagtraum. Sie machen Halt in dem Dorf San Pedro de Atacama, das vom Vulkan Licancabur überragt wird. Die Fotos, die sie in Katalogen oder im Internet bewundert haben, möchten sie selbst machen, die Landschaft für sich beanspruchen, ein Selfie vor einem Geysir, im Tal des Mondes oder im Tal des Todes.

Alle fünf oder sechs Jahre bietet die Wüste ein außergewöhnliches Schauspiel. Wir befinden uns in der Nähe der Stadt Copiapo, 800 km nördlich von Santiago. Wenn der südliche Frühling beginnt, wecken ungewöhnliche Niederschläge die unter der Erde liegenden kleinen Samen und Zwiebeln aus ihrer Lethargie. Ein Wunder der Vegetation: Sie beginnen zu keimen. Der trockene Boden verwandelt sich in einen Teppich aus lila, gelben und weißen Blumen. Die Chilenen sprechen von der *desierto florido,* der blühenden Wüste. Das Leben erwacht aufs Neue. Es wimmelt von Insekten, Vögel wirbeln und flattern herum und lauernde Skorpione halten Ausschau nach ihrer Beute. Touristen dürfen sich dieses einzigartige Rendezvous der Natur nicht entgehen lassen. Was wäre, wenn man die Wüste bewässern würde, damit die Blumen jedes Jahr blühen? fragen sich die örtlichen Behörden. Die Touristen würden in Scharen kommen und die Kassen der Gemeinden würden sich füllen. Doch Wissenschaftler schlagen Alarm: Das gesamte Ökosystem wäre bedroht. Im Moment beschäftigen sich Agrargenetiker mit einer hochaktuellen Frage: Wie haben es diese Pflanzen geschafft, sich an die extremen klimatischen Bedingungen anzupassen? Und was wäre, wenn sie den Menschen, die in der Klimakrise gefangen sind, ein Beispiel gäben?

Glanz der Wüste am Tag, Glitzern der Wüste in der Nacht. Den Himmel wie nirgendwo sonst auf der Welt beobachten. Die sternenklaren Nächte in der Atacama lassen sich nicht in Gold aufwiegen. Auf dem Chajnantor-Hochplateau in 5000 m Höhe haben Wissenschaftler beeindruckende Teleskope gebaut, das größte Netzwerk der Welt. Es ist einer der wenigen Orte auf der Erde, an dem die extrem geringe Lichtverschmutzung und die niedrige Luftfeuchtigkeit großartige Beobachtungen des Firmaments ermöglichen. Die Menschen versuchen immer wieder, den Prozess der Stern- und Planetenbildung zu verstehen, Planeten, das interstellare Medium, die Entwicklung von Galaxien, Exoplaneten und protoplanetaren Systemen zu untersuchen. Weiter unten im Tal, auf 2900 m Höhe, öffnen die Wissenschaftler ihre Türen für Touristen. Das Staunen lässt die Gefühle der Kindheit wieder aufleben. Wie der Kleine Prinz auf seinem Asteroiden B 612 stellen sie sich vor, wie sie die Erde verlassen, um andere Planeten zu entdecken, auf denen einzigartige Wesen leben. Wer weiß, vielleicht ein Geograph oder ein Laternenanzünder?

Es ist ein sehr eigenartiger Planet, auf dem das abgemagerte Kind mit den zotteligen Haaren umherirrt, das mitten in der Wüste einen Einkaufswagen schiebt, verloren in einem Haufen von Kleidung und Plastiktüten unter freiem Himmel. Der Tourist wagt sich nicht in die apokalyptischen Gebiete. Die Reiseveranstalter tun alles, um ihn vom Desaster fernzuhalten. Eine riesige Müllhalde aus Textilabfällen, billigen T-Shirts, die einmal getragen und nach der ersten Wäsche weggeworfen wurden, gekaufte und nie getragene Kleidung, verwaschene Jeans, Kleider für einen Abend und Pullover aus Merinowolle. Im Hafen von Iquique im Norden Chiles werden jedes Jahr 59.000 Tonnen Kleidung angenommen, die im Laufe der Zeit immer mehr werden. Sortieren, gebraucht weiterverkaufen, wiederverwerten – ein auf den ersten Blick recht tugendhafter Kreislauf, der jedoch schnell ins Stocken gerät, nämlich da, wo die Textilabfälle sich ansammeln und auftürmen. Dann bietet die Wüste den idealen Ort, um diese kleinen, stummen, leblosen Dinge zu entsorgen, selbst auf die Gefahr hin, die Luft und das Grundwasser zu verunreinigen. Die Wüste rebelliert nicht. Sie saugt auf und wartet auf bessere Zeiten.

Das Kind bahnt sich einen Weg durch die Müllhalde, schiebt seinen Einkaufswagen ein Stück weiter. Es kauft auf dem beeindruckenden Weltmarkt für Textilien ein, es hat die Qual der Wahl.

Auf der Durchreise

In den Frachträumen von Flugzeugen stapelt sich das Gepäck der Passagiere, Gepäckstücke aller Art und in allen Farben. Manche sind von einer Schutzhülle umgeben oder tragen einen Gurt, um sich von der Masse abzuheben. In diesen Gepäckstücken, brav gefaltet oder zusammengerollt, befinden sich Tausende von Kleidungsstücken im Transit, die in ihren Behältern auf dem Laufband des Flughafens erwartet werden. Sie haben ihren eigenen Kleiderschrank oder ihre Garderobe verlassen und sind im Inneren eines Koffers oder einer Tasche gestrandet. Vor dem Abflug musste eine schwierige Entscheidung getroffen werden. Was soll man auswählen? Was soll man mitnehmen? Wie wird das Wetter sein, wenn man am Zielort ankommt? Legere oder elegante Kleidung? Welche Schuhe soll man tragen? Und dann, irgendwann, in einem synchronisierten Walzer, haben die Kleider ihren Platz gefunden.

Es gibt das perfekte Kleid für den paradiesischen Strand, der auf der Internetseite eines Reisebüros angepriesen wird, den zweiteiligen Anzug für einen vielversprechenden Geschäftstermin, das weiße Hemd mit passender farbiger Krawatte, die löchrige Jeans, die eine zuverlässiger Begleiterin auf der Safari durch die afrikanischen Savannen ist, die Kopfbedeckung aus Segeltuch, die vor der glühenden Sonne schützt, das langärmelige Saharahemd, das Mückenstichen trotzt, die Bermuda-Shorts, funktionell in jeder Situation, das T-Shirt mit

Palmenmotiven, um das Outfit abzurunden, je nach Umständen den einteiligen oder zweiteiligen Badeanzug und nicht zu vergessen: Unterwäsche und Socken, Pyjamas und Nachthemden. Diese Kleidungsstücke haben eine Geschichte, sie kleiden einen Körper und sind nicht austauschbar. Natürlich wollen wir wie alle anderen sein, aber wir wollen nicht mit irgendjemandem verwechselt werden. Den Koffer eines Fremden zu öffnen, hieße, in seinen Intimbereich einzudringen, was in uns ein Gefühl des Unbehagens und der Verlegenheit hervorriefe. Die Zurschaustellung einer Person, die man nicht ist.

Nach der Ankunft am Zielort wartet der Passagier fieberhaft auf seine Koffer, denn ohne sie fühlt er sich nackt und hilflos. Die Vorausschauenden haben einige wichtige Teile in ihrem Handgepäck, um notfalls ein oder zwei Tage ohne ihren Koffer zu überleben, denn ja, es geht ums Überleben.

Das Gepäck wurde etikettiert, kontrolliert, sortiert, verladen, entladen und von Computern mit beeindruckender Leistung auf Schritt und Tritt verfolgt. Und doch kommt es manchmal vor, dass die Maschinerie ins Stocken gerät. Eines von einhundertfünfundsiebzig Gepäckstücken kommt nicht am Zielort an. Ein zu knapp kalkulierter Anschlussflug, ein falsches Gepäckförderband, auf das es sich verirrt hat, ein Wagen, von dem es heruntergefallen ist, ein Griff, der abgebrochen ist, ein Fehler beim Verladen. Kleidungsstücke, die zu spät oder nie zu ihrem Besitzer zurückfinden. Dieser hat sich dann bereits eine Ersatzgarderobe zugelegt.

Aber man sollte die Hoffnung nie aufgeben. Vielleicht sitzt man eines Tages nach der Landung wieder in der

Gepäckausgabe des Flughafens, entmutigt und demoralisiert und fleht, dass etwas passieren möge. Das Förderband setzt sich in Bewegung, aber es ist kein Gepäckstück in Sicht, außer einer schwarz-roten Samsonite-Tasche, die man sofort erkennt. Die scheinbar herrenlose Tasche, die durch irgendein Wunder wieder auftaucht. Und darin die vertrauten Kleidungsstücke, leere Hüllen, die sich nur danach sehnen, den zu ihnen gehörenden Körper zu finden, der sich in Luft aufgelöst hatte. Die Reise kann beginnen.

Karierter Pyjama

Im Zimmer der herzchirurgischen Abteilung zeichnen die Bildschirme ununterbrochen ihre Kurven. Piep piep, der Alarm ertönt bei der Patientin am Fenster rechts, piep piep, der Alarm ertönt bei dem Patienten an der Tür, piep piep, der Alarm ertönt beim Patienten neben der Toilette. Da liegen sie nun, alle drei ans Bett gefesselt, mit Kabeln, die überall aus ihnen herauskommen, der ausgefeilten Technik der Universitätsmedizin ausgeliefert. Sie tragen das Krankenhaushemd, das auf dem Rücken geschlitzt ist und die Blässe ihrer Gesichter betont.

Holger sitzt auf der Bettkante neben dem Fenster auf der linken Seite. Er ist Mitte vierzig, hat bereits schütteres Haar, eine Adlernase und trägt eine Brille mit breiten, mattgrauen Bügeln. Er ist kein Patient wie jeder andere, das wird schon beim Betreten des Zimmers deutlich, denn er trägt... einen Pyjama! Einen graubraunen Baumwollpyjama mit feinen sandfarbenen Karos. Und das Tragen eines Pyjamas auf der herzchirurgischen Abteilung vermittelt eine unmissverständliche Botschaft: Holger ist noch nicht operiert worden!

Seit etwa zehn Minuten fasziniert mich Holger. Er rückt seinen Nachttisch näher, zieht einen Block Papier heraus und nimmt einen Kugelschreiber zur Hand. Holger beginnt zu schreiben, zuerst mit einer ungelenken Hand, dann kommt die Hand in Fahrt und die Wörter schreiben sich wie von selbst in einem endlosen Fluss auf das Blatt.

Holger schreibt und schreibt und schreibt. Kaum ist eine Seite fertig, hebt er sie mit Schwung vom Block ab, legt sie auf das Bett und beginnt mit der nächsten. Ich beobachte ihn unauffällig. Ich wüsste gern, was er schreibt. Inzwischen hat sich das Zimmer gefüllt. Es ist Besuchszeit, die Angehörigen kommen mit Süßigkeiten beladen.

Holger ist allein, hoffnungslos allein. Und er schreibt und schreibt und schreibt. Irgendwann wende ich mich ihm zu, schaue ihm direkt in die Augen und frage ihn: „Erleichtern Sie beim Schreiben Ihre Seele?" Der Satz ist mir einfach so herausgerutscht, ohne jeden Vorsatz. Ich bin verblüfft über meine Kühnheit gegenüber diesem Mann, den ich überhaupt nicht kenne. Und dann gibt es kein Halten mehr. Holger nimmt seine Brille ab und bricht in Tränen aus, die ihm die Kehle zuschnüren und seine Schultern schütteln. Ich umfasse seine Hände, halte sie minutenlang fest und streichle dann sein Gesicht. Langsam lässt das Schluchzen nach.

„Ich habe solche Angst vor dem Sterben! Wenn Sie wüssten, wieviel Angst ich vor dem Sterben habe! Also schreibe ich alles auf, was mir durch den Kopf geht! Ich konzentriere mich auf das Wesentliche!"

„Haben Sie hier Familie?", frage ich ihn. Die Antwort bleibt ausweichend. Erneut nehme ich seine Hände in meine. Das Gespräch kommt in Gang, Holgers Gesicht entspannt sich. Ich erwähne die wohltuenden Kräfte des Schreibens, erzähle ihm von meinem Buch, von China und Matteo Ricci. Es ist mir egal, ob Holger sich für China und Matteo Ricci interessiert oder nicht. Hauptsache, wir sind wieder im Hier und Jetzt, in der Welt der Lebenden. Holger notiert sich den Titel meines Buches.

„Sprechen Sie Französisch?", frage ich nach.

„Nein, aber meine Tochter spricht gut Französisch." Im Laufe des Gesprächs bemerke ich, dass Holger nach den handgeschriebenen Seiten greift, die auf dem Bett ausgebreitet liegen. Er zerreißt sie in tausend Stücke. Ein unmerkliches Lächeln erhellt sein Gesicht.

Ich bin still. Ich bin beruhigt. Die Angst vor dem Tod ist vergangen. Heute Abend wird Holger seinen Pyjama aus- und den Krankenhauskittel anziehen.

Mohairjacke

Es ist ein Septembersonntag, wie man ihn sich wünscht: sommerliche Hitze mit den ersten Anzeichen herbstlicher Stimmung. Auf der Terrasse des Cafés *Les éditeurs*, unweit vom Odéon stellen die Frauen ihre Sommerkleider zur Schau, bereits mit einem Hauch von Nostalgie... In einigen Wochen wird die Garderobe unmerklich ihre Grundfarbe ändern.

Es ist zwölf Uhr mittags. Ich bezahle meinen Kaffee, schnappe meinen Koffer und gehe zur Metro. Mein Aufenthalt in Paris neigt sich dem Ende zu. Um diese Tageszeit gibt es auf dem Bahnsteig kein Gedränge und ich mache es mir im Abteil bequem. Ich setze mich auf eine Bank, den Koffer zu meinen Füßen. Die Metro fährt wieder an.

Zunächst sehe ich nur einen langen Rock aus grauem Leinen, der bis zu den Schuhen reicht. Langsam hebe ich den Kopf. Eine kreidefarbene Baumwollbluse, eine Mohairjacke, weiß wie Daunen. Ein Strohhut bedeckt die Stirn. Jetzt sehe ich sie ganz. Ihr Blick ist auf einen Punkt am Boden gerichtet, den sie absichtlich fixiert. Ich kann sie in aller Ruhe studieren. Ich registriere jedes noch so kleine Detail. Ich nenne sie von Anfang an Geneviève. Ich finde, dass dieser Name gut zu ihr passt.

Was an Geneviève auffällt, ist die ganze Abstufung von Weiß, Beige und Grau ihres Outfits. Und dann Schmuck in Hülle und Fülle: drei Ketten aus falschen Perlen um den Hals, vier Armbänder am rechten Handgelenk, zwei am linken, ein Ring an jedem Finger oder fast jedem. Alte Ringe mit falschen Diamanten, altmodisch eingefasst, an den Ohren dünne Silberlamellen in Form von Blättern. Sie trägt eine Brille aus Naturhorn mit einem Steg zwischen den beiden Gläsern, der mit falschen Steinen besetzt ist.

Im Abteil ist es heiß. Geneviève schließt die drei Knöpfe ihrer Mohairjacke. Sie hebt den Kopf, ihr Blick trifft meinen, ein erloschener, müder Blick, als wäre jeder Funke ein für alle Mal verschwunden. Ich spüre, dass sie verwirrt, entwurzelt und orientierungslos ist. Sie strahlt die immense Einsamkeit aus, auf der Welt zu sein, und die Mohairjacke, selbst wenn sie über ihrer Brust zugeknöpft ist, kann ihr inneres Leiden kaum lindern. Wo wohnt sie? Hat sie eine Familie? Hat sie Freunde? Was ist ihre Geschichte? Die Fragen schießen mir durch den Kopf.

Station Strasbourg Saint-Denis, die Tür des Abteils öffnet sich. Ein schlanker, nüchtern gekleideter Mann mit dichtem, weißem, gewelltem Haar tritt mit entschlossenem Schritt ein. Er nimmt neben Geneviève Platz, ohne zu zögern. Kaum sind ein paar Minuten vergangen, traue ich meinen Augen nicht. Ich ertappe zwei Hände, die ineinander liegen. Zwei Hände, die sich begegnet sind. Die Hand von Geneviève, die sich in die Hand dieses Mannes mit dem dichten weißen Haar schmiegt.

Station Château d'Eau...Ich schnappe meinen Koffer, gehe zur Schiebetür, schon kündigt sich die Gare de l'Est an. Ich werfe einen letzten verstohlenen Blick auf Geneviève und den schlanken Mann. Ich steige aus. Das Rätsel ihrer umschlungenen Finger bleibt ungelöst.

Niqab

Ich weiß nichts über Sie. Als Sie mir im Zug von Fes nach Meknes gegenüber- saßen, habe ich Sie von Kopf bis Fuß heimlich betrachtet. Es war das erste Mal, dass ich eine Frau, die den *Niqab* trug, so nah vor mir hatte. Zu diesem Zeitpunkt wusste ich noch nicht, dass dieses Kleidungsstück so genannt wird. Ich konnte durch den Schlitz nur Ihre Augen sehen, lachende Augen. Sogar Ihre Hände waren mit langen Handschuhen bedeckt.

Sie wurden von einem jungen Mann begleitet, der in Jeans und T-Shirt gekleidet war. Ein starker Kontrast zwischen der Kleidung Ihres Begleiters und Ihrer eigenen. Sie wechselten Worte, die ich nicht verstand. Ich spürte ein Einverständnis zwischen Ihnen. Sie schienen glücklich zu sein. Und es erstaunte mich, dass man unter diesem langen schwarzen Schleier glücklich sein konnte. Manchmal drehten Sie Ihr Gesicht zur Seite und betrachteten gedankenverloren die Landschaft.

Ich wäre gerne mit Ihnen ins Gespräch gekommen, um zu erfahren, wie Sie sich in diesem großen Stück Stoff fühlen, das Sie von Kopf bis Fuß umhüllt. Ich hätte gerne gewusst, ob Sie es freiwillig tragen. Aber vielleicht hätten Sie mich mit verwunderten Augen angeschaut und den Sinn meiner Fragen nicht verstanden.

Ich mag kein Schwarz, das muss ich Ihnen sagen. Ich trage nie Schwarz. Ich finde, dass es die Gesichtszüge verhärtet. Aber das ist Ihnen egal, denn Ihre bleiben unter dem Schleier verborgen.

Zu Hause wollte ich mehr über all die Kleidungsstücke erfahren, deren Namen in der westlichen Welt mittlerweile die Nachrichten beherrschen: *Hidjab, Burka, Niqab, Tschador*. Ich blätterte in meiner Kleider-Enzyklopädie. Sie trägt den Titel *Le vêtement de A à Z*[2]. Natürlich ist darin viel von westlicher Kleidung die Rede, aber auch *Sari, Qipao, Djellaba* oder *Bubu* haben dort ihren Platz. Ich habe verzweifelt nach *Hidjab, Burka, Niqab* oder *Tschador* gesucht. Sie passen nicht in die Kategorie Kleidung. Dann habe ich in der *Histoire des costumes du monde*[3] nachgeschaut und bin auf zwei beeindruckende Fotos gestoßen. Auf dem ersten Bild befinden wir uns im Afghanistan der Taliban. Es zeigt sechs hockende Frauen von hinten, die in einen langen, plissierten Schleier gehüllt sind, der den ganzen Körper bedeckt, den afghanischen *Chadri*. Eine trägt ihn in Rot, eine andere in Grau, eine weitere in Gelb und die letzten drei in abgestuften Grüntönen. Ich bin überrascht von dieser Farbenpracht. Ich kannte nur die verwaschene blaue *Burka*. Vor ihnen stehen Kinder und weiter hinten Männer mit Turbanen. Was sehen sie? Was nehmen sie vom Leben draußen hinter der vergitterten Schießscharte wahr? Unten auf der Seite ein Foto, das um die Welt ging: Eine Frau, die unter einem leuchtend roten *Chadri* begraben ist, trägt auf dem Kopf zwei Vögel in einem Käfig.

Ihre lachenden Augen konnte ich sehen. Wir tauschten sogar ein Lächeln. Von der Frau im roten *Chadri* aber sehe ich nichts. Absolut nichts. Was sieht sie von mir?

---

2   Kleidung von A bis Z
3   Geschichte der Kleider dieser Welt

Khakifarbenes T-Shirt

Es ist die Geschichte eines Mannes, den nichts dazu prädestiniert hat, eines Tages ein khakifarbenes T-Shirt als Kommunikationswaffe zu tragen. Auf dem offiziellen Porträt posiert er mit verschränkten Armen, ordentlich frisiertem Haar, glattrasiert und in einem tadellosen Anzug mit Krawatte. Damit reiht er sich in die Kleiderkonformität von Staatsoberhäuptern aus aller Welt ein. Er war am 20. Mai 2019 auf der politischen Bühne erschienen, als er zum Präsidenten der Ukraine gewählt wurde, ein politischer Nobody, der nunmehr das höchste Staatsamt bekleidet. Außerhalb der Landesgrenzen gänzlich unbekannt, zu Hause verehrt. Denn Wolodymyr Selenskyj hatte die Herzen der Ukrainer erobert, indem er sie in humorvollen Sketchen, die zur besten Sendezeit im Fernsehen ausgestrahlt wurden, lauthals zum Lachen brachte. Ab 2015 festigte er seinen Ruf als Hauptdarsteller in der Fernsehserie *Diener des Volkes,* in der er einen integren Gymnasiallehrer verkörperte, der unerwartet zum Präsidenten der Ukraine aufsteigt. Es war nur ein kleiner Schritt vom Bildschirm auf die politische Bühne. Selenskyj ging diesen Schritt, indem er eine Partei gründete, die den Namen der Serie trägt. Und entgegen aller Erwartung und ohne ein klares Programm gewann er die Wahlen mit überwältigender Mehrheit. Er hätte viele Jahre lang in der üblichen und beruhigenden Kleidung eines Staatsoberhaupts präsidieren können.

Doch am 24. Februar 2022 marschieren russische Truppen in die Ukraine ein. Die ausländische Presse ist alarmiert. Wo versteckt sich der Präsident? Ist er ermordet worden? Als er wieder auf den Bildschirmen erscheint, hat er Anzug und Krawatte gegen ein khakifarbenes T-Shirt, eine Fleecejacke mit Reißverschluss und eine Militärhose in der gleichen Tarnfarbe eingetauscht. Dieses Outfit wird ihn nicht mehr verlassen. Die Amerikaner hätten ihm angeboten, ihn zu exfiltrieren, worauf er geantwortet habe: „Ich brauche Munition, kein Taxi".

Selenskyj etabliert sich als Kriegsherr, als heroische Figur, als charismatischer Führer. Durch seine außergewöhnlich schlichte Kleidung bekräftigt er der Welt gegenüber seine entschlossene Haltung: Meine Nation befindet sich im Krieg. Wir brauchen Ihre Unterstützung. Vergessen Sie uns nicht! Der Präsident rasiert sich nicht mehr, der ungewöhnlicher Vollbart soll sein kriegerisches Aussehen unterstreichen. Er will ein Soldat wie jeder andere sein, so nah wie möglich an der Front. Er will seine ganze Nation mitreißen und im Kampf unterstützen. Khaki wird zur visuellen Identität einer Nation im Krieg. In Kiew werden Tausende von T-Shirts verkauft, die den Helden von Mariupol huldigen oder antirussische Botschaften enthalten.

Wird Wolodymyr Selenskyj mit seinen Kampfanzügen in die Geschichte eingehen wie die beiden kubanischen Führer Fidel Castro und „Che" Guevara, die sich fast immer in olivgrünen Uniformen zeigten? Die Zukunft wird es erweisen, ob der Wechsel von der Komik zur Tragik ihn zu dem Mann der Vorsehung gemacht hat, zum Retter der Nation.

PORTRÄTS

Madame Grès

Es handelt sich um ein Video mit verblassten Farben, das nicht datiert ist. Die Kamera richtet das Objektiv auf die imposante Eingangstür einer Wohnung im Obergeschoss eines vornehmen Gebäudes und dann auf eine einfache Marmorplatte mit der Aufschrift *„Grès couture"*. Die Tür öffnet sich und man betritt das *Atelier flou* von Madame Grès. Die Näherinnen sitzen dicht gedrängt um rechteckige Tische, hantieren mit Nadeln und Fingerhüten und sind mit weichfallenden Jerseys beschäftigt. In der Mitte des Raumes steht Madame Grès. Sie bleibt ihrem unveränderlichen Stil treu und trägt einen grauen Rollkragenpullover, auffallende Ringe an den Fingern und einen bordeauxroten Turban, der ihr gesamtes Haar verdeckt. Sie hat das ausgemergelte Gesicht einer Frau mittleren Alters. Sie herrscht über ihr Atelier. Als die Journalistin sie zu ihrem Beruf befragt, vergleicht sie das Nähen mit der Architektur, ja sogar der Juwelierkunst. Alles muss nach Perfektion streben, junge Frauen, die nicht begabt sind, kann man nicht behalten. Man muss geschickte Hände haben, leichte Hände, man muss mit Herzblut dabei sein.

Madame Grès machte ihr ganzes Leben lang Seiden- oder Polyamidjersey zu ihrem bevorzugten Stoff, während Madeleine Vionnet Krepp und Musselin bevorzugte. Die Grès-Falte ist in die Geschichte der Schneiderkunst eingegangen. Sie besteht darin, eine 280 cm breite Stoffbahn allein durch die Schaffung zahlreicher, sehr enger Falten auf 7 cm zu reduzieren. Das Ergebnis sind skulpturale Kleider, die die Bewegungen ihrer Trägerinnen begleiten. Yves Saint Laurent, den sie bewunderte, zeichnete sich durch seine Skizzen aus. Aus diesen Skizzen entwickelten sich seine Kollektionen. Madame Grès zeichnet nicht, sondern drapiert den Stoff an einer Schneiderpuppe, studiert genau den Charakter des Stoffes und greift dann zur Schere. Sie sagt, dass sie für jede Kollektion, die sie entwirft, drei Scheren verbraucht. Für ihre Lieblingsmodelle und -kundinnen bereitet sie das Kleidungsstück direkt am Körper vor, indem sie den Stoff mit Stecknadeln fixiert.

Madame Grès kleidet die Frauen dieser Welt wie antike Statuen. Zu ihren Kundinnen zählen Jane Birkin, Maria Casares, Edith Piaf, Grace Kelly, Greta Garbo, Marlene Dietrich und Danielle Mitterrand. Von diesen Begegnungen wie von ihrem Privatleben dringt jedoch nichts nach außen, abgesehen von der Geburt ihrer Tochter Anne im Jahr 1939. Madame Grès gab nur sehr selten Interviews, da sie ihr Leben und ihre beruflichen Leidenschaften streng geheim hielt. Einzigartig für eine Schneiderin, um genau zu sein. Als sie 1976 mit dem ersten *Dé d'or*[4] de la couture ausgezeichnet wurde, sagte sie vor Journalisten: „Ich habe nie einen anderen bekommen, ich hasse es zu nähen, ich nähe nie."

Ihre Leidenschaft ist es, Stoffe in Szene zu setzen. Es wäre jedoch ein Fehler, sie nur auf das Drapieren zu beschränken. In den 50er und später 60er Jahren wechselt sie vom *Flou* zum Kostüm, arbeitet mit Taft, Wollstoffen und Flanell. Sie entwirft kurze Kleider und minimalistische

---

4   Goldener Fingerhut (Auszeichnung)

Mäntel, vorzugsweise aus doppelseitigem Stoff. Was ihre Kollektionen so attraktiv macht, ist ihre Farbpalette in gelungener Harmonie: Rotbraun, Kastanie, Zimt, Hyazinthe, Taupe, Schildpatt, Bronze, Grünspan, Johannisbeerrot, alle Beige- und Scheinweißfarben, tiefes Schwarz.

1986, sie war zu diesem Zeitpunkt 83 Jahre alt, erreichte sie eines ihrer ultimativen Ziele: ein Kleid ohne jede Naht zu entwerfen. Sie verwendete einen röhrenförmigen Stoff und mit vier Schnitten: Saum, Kragen und beide Armlöcher, war das Kleid fertig. Damit hatte sie die maximale Schlichtheit erreicht.

Ein Jahr später durchlebt sie die schlimmste Episode ihrer Karriere. Nach zwei Jahren unbezahlter Miete wird der Konkursantrag gestellt. Das Vermögen des Modehauses wird liquidiert. Möbel und hölzerne Schneiderpuppen werden mit Äxten zerschlagen, Leinwände und Kleider werden in den Müll geworfen. Inmitten des Desasters sitzt Madame Grès in einem schwarzen Mantel und einem beigefarbenen Turban auf einem kleinen Stuhl und trauert um das Leben, das man ihr geraubt hat. Sie wird sich nie davon erholen. Sie starb 1993, zurückgezogen in einem Pflegeheim in La Valette-du-Var, in der Nähe von Toulon – von aller Welt vergessen.

Yves Saint Laurent

Das Foto wurde 1975 in seinem Haus in Marrakesch aufgenommen. Der Modeschöpfer war damals 39 Jahre alt. In einem Alkoven im maurischen Stil, in den das Tageslicht durch ein mit Schmiedeeisen verziertes Fenster einfällt, sitzt er an einem Bambustisch und konzentriert sich auf seine Aufgabe, den Stift fest zwischen den Fingern. Er zeichnet. Auf dem Tisch stehen ein Glas Wasser, eine Keramikschale, verschiedene gestapelte Dokumente, zwei Bücher. Er trägt einen weißen, vorne zugeknöpften *Jabador* mit passender Hose, an den Füßen spartanische Sandalen. Er trägt bereits seine Bullaugenbrille. Yves Saint Laurent, wie man ihn noch nie gesehen hat. Locker, entspannt, meilenweit entfernt von der Pariser Hektik. Doch der Schein trügt. Er trinkt zu viel und ertränkt im Alkohol die innere Spannung, die er seit jeher in sich trägt. Der Druck der Kollektionen zweimal im Jahr. Und doch sind es gerade diese Kollektionen, die ihm einen Grund zu leben geben und ihn vorantreiben. Er zeichnet, er kann nichts anderes als erhabene Silhouetten entwerfen, die Mode in jeder Saison neu erfinden. Immer auf der Suche nach der Idee, die wie ein Blitz in der Modewelt einschlägt und dafür sorgt, dass die Frauen dieses neue Stück auf Anhieb in ihre Garderobe aufnehmen.

Bereits 1975 konnte er sich der Schaffung von Meisterstücken für die damalige Zeit rühmen. Im Jahr 1962 kleidete er die Frau in einen *Caban*, das männliche Kleidungsstück schlechthin. Er ließ sich von der Linie inspirieren, doch was die Materialien betraf, wandte er sich von trockener, dicker Wolle ab und bevorzugte weichere, kuscheligere Stoffe. Eine Art Manifest, in dem die Frau, die ein maskulines Kleidungsstück trägt, ihre Weiblichkeit kraftvoll zum Ausdruck bringt. Die Demokratisierung des Smokings im Jahr 1966 fügt sich perfekt in diese Linie ein. Yves Saint Laurent machte ihn zu einem hocherotischen Frauenkleidungsstück, indem er mit Stoffkontrasten spielte: matt für Rumpf und Arme, satiniert für den Kragen, die Knöpfe und die Taschenklappen. Die gesamte Silhouette geht von der Schulter aus, mit einer leichten Vertiefung in der Mitte – ein Herstellungsgeheimnis des Hauses. Und unter der Jacke wird der Modeschöpfer eine Bluse aus transparentem schwarzem Chiffon anbieten. Der Smoking wird nunmehr zum unverzichtbaren Stück, das Alpha und Omega seines Alphabets.

Im Jahr 1965 war ihm ein weiteres Meisterstück gelungen. Das Mondrian-Kleid, dieses Etuikleid aus Jersey ohne jegliche Klammern oder Nähte, umgibt die Frau wie eine zweite Haut. Es ist das erste Mal, dass er die Inspiration für seine Kreationen aus Gemälden zieht. Andere Maler folgen: Es sind van Gogh, Picasso, Braque und Matisse. Durch diese Künstler entdeckt Yves Saint Laurent eine neue Facette von sich selbst.

Der Modedesigner legt den Bleistift zur Seite und betrachtet die Linien, die er gezeichnet hat. Wadenlange Röcke, Blusen mit Puffärmeln, wallende Umhänge, großzügige Stolen und auf den Köpfen der Modelle sorgfältig geknüpfte Tücher. Er greift nach farbigen Filzstiften und färbt die Zeichnungen ein. Es ist das erste Mal, dass er das tut. Die Zeichnungen werden vor seinen Augen lebendig, wie in seiner Jugendzeit in Oran. Er entnahm Frauensilhouetten aus den Zeitschriften seiner Mutter und legte nach Lust und Laune die unterschiedlichsten Outfits darauf, wobei jedes Mal Eleganz als oberstes Gebot galt.

Er stellt sich das Ganze vor. Es wird die sogenannte Kollektion *Oper – Russische Ballette* sein, eine Kollektion, die mit ihren schillernden Farben und luxuriösen Textilien zum Träumen anregt: Pelze, Musselin, Seide, Samt, Goldlamé. Als er im September 1976 von der Zeitschrift Vogue gefragt wurde:

Was ist Ihre schönste Erinnerung in den dreißig Jahren Ihrer Sammlung?

antwortet Yves Saint Laurent:

Die Kollektion, für die ich mich von Russland inspirieren ließ. Sie ist vielleicht nicht die erfolgreichste, aber sie wurde wunderbar aufgenommen zu einer Zeit, als alle den Prunk verurteilten. Und sie ist prunkvoll.

Und eines Tages, als er gefragt wird, ob er etwas bereue, wird er antworten:

Ich bereue nur eines: dass ich die Jeans nicht erfunden habe.

Stickerin der Unsterblichkeit

Ich bin es nicht gewohnt, zur Feder zu greifen. Aber heute möchte ich eine Ausnahme von der Regel machen und in der Intimität meines Ateliers einige Gedanken zu Papier bringen, die mir im Laufe meiner Arbeit gekommen sind. Sie werden diese Zeilen nie lesen, Sie, der Schriftsteller, dem ich den grünen Frack gestickt habe, ich werde sie in meinen Schubladen aufbewahren. Ich überlasse Ihnen den Vorrang der Veröffentlichungen. Ich überlasse Ihnen die Bühne.

Sie sollen wissen, dass ich viel an Sie gedacht habe, vom ersten bis zum letzten Stich der Stickerei. Sechshundert Stunden Arbeit insgesamt, sechshundert Stunden, die ich mit den Augen auf den Stoff gerichtet und mit der Nadel in der Hand verbracht habe. Ich habe nie die Anzahl der Olivenzweige oder die Anzahl der Blätter gezählt. Ich würde bei der Ankündigung der exakten Quantifizierung zusammenzucken.

Wenn ich mich an diese langwierige Komposition mache, halte ich meine Gedanken zurück. Ich beginne einfach, das ist alles. Tun Sie das nicht auch, wenn Sie das erste Wort Ihres Romans schreiben? Jeder Anfang trägt den Keim des gesamten Werks in sich, das erste Olivenblatt ruft ein weiteres hervor und dann noch ein weiteres. Wenn Sie das erste Wort auf das Blatt setzen, wissen Sie dann, was als Nächstes kommt? Oder ist es nicht vielmehr der Prozess des Schreibens selbst, der Sie entdecken lässt, was Sie sagen wollen?

Sowohl beim Sticken als auch beim Schreiben gibt es eine Art Askese der Langsamkeit, die dem hektischen Leben, das um uns herum tobt, entgegengesetzt ist. Ich verwende das „wir" mit Bedacht, glauben Sie mir. Um unser Projekt zu verwirklichen, erlegen wir uns ein Leben als Anachoreten auf. In der Langsamkeit führt der Blick meine Hand von Punkt zu Punkt, in der Langsamkeit reifen Ton und Perspektive in Ihnen heran. Ich bringe Farbe auf den nachtblauen Stoff, Sie bringen Sinn in den Rhythmus. Sehen Sie, ich habe bis heute nie daran gedacht, aber beim Formulieren dieses Gedankens habe ich das Gefühl, dass ich meine Isolation ein wenig durchbreche.

Ich liebe es, den Stoff zu ertasten, den Perlenseidenfaden zwischen meinen Fingern zu spüren. Ich streiche mit der Hand über die bestickten Blätter, das Relief löst einen köstlichen Schauer in mir aus. Ich stelle mir die Sinnlichkeit des Schreibens vor, das sanfte Reiben des Bleistifts auf dem Papier, das Klappern der Tastatur, diesen wilden Tanz, und die Worte, die auftauchen und sich auf der Seite oder dem Bildschirm zeigen. Sie brodeln im Rausch der Schöpfung. Aber wir sollten uns nicht allzu weltfremd geben. Es gibt Tage, an denen die Stiche unregelmäßig werden, es gibt Tage, an denen die Seite weiß bleibt.

Doch dann, irgendeines fernen Tages, wissen wir, wir sind am Ende des Werkes angelangt. Wir wissen, dass es das Ende ist. Wir können es kaum glauben, so sehr haben wir uns in einem Rhythmus eingerichtet, der uns trägt. Ich sticke den letzten Olivenzweig, Sie bringen den letzten Satz Ihres Manuskripts zu Papier. Manchmal tragen Sie diesen Satz von der ersten Zeile an in sich, manchmal taucht er ganz plötzlich auf, ergreift und erschüttert Sie. Jetzt lebt das Werk für sich selbst, es gehört uns nicht mehr.

Was als Nächstes kommt, geht über uns selbst hinaus. Die bestickten Teile verlassen mein Atelier und gehen in die Näherei. Sie werden zusammengesetzt und nach allen Regeln der Kunst genäht. Der grüne Frack nimmt Gestalt an. Vier Monate später ist die letzte Anprobe: Sie ziehen das Hemd und die Weste aus weißer Baumwolle an, streifen die bestickte Hose über, die von Hosenträgern aus weißer Seide gehalten wird, korrigieren den Sitz Ihrer Fliege und legen den bunten Frack über Ihre Schultern. Ein gefiederter Zweispitz und ein Portepee vervollständigen die Uniform. Auf die Klinge des Degens haben Sie auf der einen Seite die Vornamen Ihrer Frau und Ihrer drei Söhne eingravieren lassen, auf der anderen Seite die ersten Worte eines Gedichts, das Ihr Vater auf Arabisch verfasst hat. Auf der Scheide außen, zu beiden Seiten des Degens, sind in Medaillons eine Zeder und eine Marianne eingraviert, die Symbole Ihrer beiden Identitäten.

Das nächste Mal werden Sie das Gewand unter der *Coupole*[5] tragen. In Ihrer Empfangsrede werden Sie Folgendes sagen:

Im Mittelmeerraum erhebt sich eine Mauer zwischen den kulturellen Welten, auf die ich mich berufe. Ich habe nicht die Absicht, diese Mauer zu überqueren, um von einem Ufer zum anderen zu gelangen. Diese Mauer der Abneigung – zwischen Europäern und Afrikanern, zwischen dem Westen und dem Islam, zwischen Juden und Arabern – will ich untergraben und dazu beitragen, sie einzureißen. Das war schon immer mein

---

5   Kuppel (gemeint ist die Akademie française)

Lebensinhalt, mein Grund zu schreiben, und ich werde ihm auch in Ihrer Gesellschaft treu bleiben. Unter dem schützenden Schatten Ihrer Ältesten. Unter dem klaren Blick von Levi-Strauss.

Was ich gerne erwähnen möchte, bevor ich diese wenigen Blätter zusammenfalte, ist die Frage der Identität, eine Frage, die Ihnen sehr am Herzen liegt und zu der Sie einen bemerkenswerten Essay veröffentlicht haben: *Les Identités meurtrières*[6] Zwei Passagen haben meine Aufmerksamkeit erregt. In der einen behaupten Sie Folgendes:

...Heutzutage braucht jeder Mensch offensichtlich drei Sprachen. Die erste ist seine Identitätssprache; die dritte ist Englisch. Zwischen diesen beiden muss zwingend eine zweite, frei gewählte Sprache gefördert werden, die oft, aber nicht immer, eine andere europäische Sprache ist[7].

In der anderen Passage formulieren Sie:

...Jeder sollte in der Lage sein, in das, was er für seine Identität hält, eine neue Komponente einzubeziehen... das Gefühl, auch Teil des menschlichen Abenteuers zu sein[8].

Ich werde niemals drei Fremdsprachen beherrschen, das ist ein Gebiet, auf das ich mich nicht vorwagen werde. Dennoch verleihe ich dem Kleidungsstück, das Sie tragen, auf meine Weise, die so einzigartig ist wie das Schreiben, durch einen einfachen Reliefeffekt und einen subtilen Kontrast zwischen matt und glänzend eine rührende Identität. Was wäre dieses Kleidungsstück ohne meine

---

6   Mörderische Identitäten
7   Amin Maalouf, Les identités meurtrières, Le livre de Poche, 2001, S. 162 (aus dem Französischen übersetzt)
8   ibd., S. 188

Verzierungen? Ein einfacher Abendfrack. Durch meine Stickereien wird es zum grünen Gewand des *Académiciens*, das Sie unter der *Coupole* tragen. Auf meine Weise nehme ich am Abenteuer Mensch teil. Ich sticke mit Garn, Sie sticken mit Worten.

Am Ende der *Identités meurtrières* schreiben Sie:

Wenn ein Autor auf der letzten Seite seines Buches angelangt ist, wünscht er sich normalerweise, dass sein Buch auch in hundert oder zweihundert Jahren noch gelesen wird. Natürlich weiß man das nie. Es gibt Bücher, die man sich für die Ewigkeit wünscht und die am nächsten Tag sterben, während ein anderes Buch überlebt, von dem man dachte, es sei nur ein Schulspaß. Aber man hofft immer[9].

Während Sie als Schriftsteller die Ewigkeit als letzten Horizont begreifen und in Ihrem Fischerhaus auf der Insel Yeu die ersten Worte Ihres nächsten Romans in ein Notizbuch schreiben, denke ich gerne daran, dass ich eine *Stickerin der Unsterblichkeit* bin und bleibe.

9   ibd., S. 188

Schneider im Kloster

Ich werde vor Weihnachten sterben, das weiß ich. Das ist auch gut so, mit 92 Jahren gehe ich in Frieden. Ich liege auf meinem Bett, in der Stille meiner Zelle, und kann jetzt, da die Schmerzen nachgelassen haben, meine Gedanken verdichten, mein Leben wie in einem Film ablaufen lassen. Im Zeitraffer oder in Zeitlupe? Ich entscheide mich für die Zeitlupe, auch wenn der junge Mann, der ich einmal war, wohl geglaubt hatte, dass es nur im Zeitraffer ablaufen würde.

Ich bin 20 Jahre alt und der Krieg, dieser schmutzige Krieg, der Europa in Brand gesetzt hat, macht mich zu einem Gefangenen. Schwer verwundet und gefangen in den Händen der Engländer in der Nähe von Danzig. Später werde ich es immer wieder sagen. Dort, auf meinem Bett im Lazarett, wusste ich, dass ich nie eine Frau nehmen, nie das Oberhaupt einer Familie werden, nie einen Sohn oder eine Tochter in den Armen halten würde. Nein, mein Leben wollte ich dem Gebet widmen, nur dem Gebet, ich würde Zönobit und Anachoret zugleich sein. Auf meinem Bett im Lazarett hat mich meine Berufung ganz durchdrungen, ich konnte mich ihr nicht entziehen.

Ich bin 28 Jahre alt und habe gerade meine Gelübde im Kloster Neuburg bei den Benediktinern abgelegt. Ich habe meine Heimat Schlesien hinter mir gelassen und werde sie nur einmal, im Alter von 90 Jahren, wiedersehen. Ich vermisse nichts von dort, da mir das liebste Wesen der Welt, meine Mutter, entrissen wurde, als ich erst zehn Jahre alt war. Ich bin nun 30 Jahre alt und beginne eine Schneiderlehre in Beuron. Nicht, dass ich mich in irgendeiner Weise zur Schneiderei hingezogen fühlte, aber das Kloster brauchte einen Schneider. Einen Schneider... und einen Pförtner. Diese beiden Aufgaben werden mir obliegen.

Empfangen, nähen, beten. Das sind die drei Schlüsselwörter der Jahrzehnte, die sich wie die Buchsbaum-Perlen eines Rosenkranzes aneinanderreihen. Das wird mein Leben sein. Es lässt sich in diesen drei Worten zusammenfassen.

Ich sah viele Gesichter vorbeiziehen, führte viele Gespräche und plauderte mehr, als es sich für einen Mönch wie mich gehörte, aber was ich mir kurz vor meinem letzten Atemzug noch einmal in Erinnerung rufen möchte, ist meine Schneiderarbeit, denn ich weiß, dass ich zu den Letzten gehöre. Die Klöster delegieren die Anfertigung ihrer Gewänder nun an spezialisierte Häuser.

Der Abt hatte mir ein etwas abseits gelegenes Zimmer zugewiesen, nicht weit von der Kapelle entfernt. Dort hatte ich mein schlichtes Reich eingerichtet: ein paar Regale, in denen Coupons aus schwarzem, schwerem, rauem und robustem Stoff kunstvoll gefaltet lagen. Darüber lagen in Seidenpapier eingewickelte Coupons aus weißem Leinen. An der Wand, auf einem einfachen Tisch, stand die alte Singer-Nähmaschine, meine zweite Nähmaschine. Über dreißig Jahre lang sollte sie mir, wie die erste, treue Dienste leisten. In der Nähe der Maschine befand sich ein Minimum an Utensilien. Ich gab mich mit wenig zufrieden: zwei Scheren, einem Maßband, einem Schneiderstift, Stecknadeln in einer Blechdose, einem Nadelkissen, Garnrollen mit weißem und schwarzem Garn. Einen Fingerhut hatte ich nicht, weil ich ihn nie für nötig gehalten hatte. Allerdings besaß ich einen Fingerhut aus Carrara-Marmor, den mir ein treuer Gläubiger von einer Reise nach Italien mitgebracht hatte. Ich hatte mich über die Geste gefreut. Man hatte an mich und meine Mission auf dieser Erde gedacht. Denn als Mission, stellte ich mir mein Werk ja vor.

Jeden Tag nach der Non mache ich mich an die Arbeit. Die Flickarbeiten erledige ich aus reiner Notwendigkeit. Ich fange damit an, um so schnell wie möglich damit fertig zu werden. Nein, was ich fast als einen Akt der Frömmigkeit betrachte, ist das Schneiden von Soutanen, Skapulieren und Mönchsgewändern auf dem Zuschneidetisch in der Mitte des Raumes.

Neben den Regalen, halb verdeckt von einem vertikalen Brett, hängen die individuellen Schnittmuster, die für jeden Mönch entworfen und aufbewahrt wurden, an einem beweglichen Kleiderständer. Die Aufgabe ist einfach: das Schnittmuster auswählen, den Stoff auf dem Tisch ausbreiten, glattstreichen, die Teile so genau wie möglich verteilen – es wird kein Material verschwendet –, sie feststecken, innehalten und betrachten..., denn ich schneide nie in den Stoff, ohne vorher das gesamte Arrangement zu betrachten. Es gibt immer einen Moment der Vorsicht, bevor man schneidet. Habe ich alles richtig bedacht? Es wäre immer noch Zeit, es zu korrigieren. In ein paar Minuten wird es zu spät sein und von dem Stoffcoupon werden nur noch vereinzelte Stücke bleiben.

Ich nähe nur Schwarz. Soutane, Tuniken, Skapuliere, alle Gewänder sind schwarz. Manchmal träume ich von einem Hauch bischöflichen Violetts oder Kardinalspurpur, aber sehr schnell kehre ich wieder zum Schwarz zurück. Schlichtheit steht mir und meinen *schwarzen Brüdern* gut. Weite Formen erfordern nur wenig Anpassung und der Fall der Kapuze ist für mich kein Geheimnis mehr.

Seltener bestellt der Abt bei mir ein neues Tischtuch für den Altar in der Kapelle. Ich ziehe das Seidenpapier ab und nehme ein Stück Leinen. Ich schneide ein Rechteck mit unveränderlichen Maßen aus, bügele einen ersten Saum, dann einen zweiten mit einer Breite von drei Zentimetern. Dann führe ich meine Lieblingsarbeit aus: das Schneiden der Ecken auf Gehrung. Es ist für mich eine Herausforderung, perfekte Ecken zu nähen, bei denen die Diagonale genau in der Mitte verläuft. Ich, der Klosterschneider, schmücke den Altar von der Vigil bis zur Komplet.

Ich werde nie wieder an einer Messe teilnehmen. Die nächste Messe wird zu meinem Gedenken gehalten werden. Aber die Mönche in ihren schwarzen Habit werden den Abdruck meiner geschickten Finger auf sich tragen.

Man wird von mir sagen, dass ich Pförtner und Schneider war und dass ich, getreu der Regel des Heiligen Benedikt, im Rhythmus des Stundengebets und der betenden Lektüre der Heiligen Schrift lebte. Friede sei mit meiner Seele!

Päpstliche Näherinnen

Wir heißen Teresa, Angela, Giovanna und Annamaria. Die meisten unserer Tage verbringen wir in der *Via Santa Chiara 34*, auf einem kleinen Platz, nur wenige Schritte vom Pantheon entfernt. Ein jahrhundertealtes Haus, in dem es keine Schnörkel gibt. Auf der Holzvertäfelung des Schaufensters kündigt das Schild in goldenen Buchstaben *Gammarelli, Sartoria Per Ecclesiastici* ein Geschäft der besonderen Art an: Hier werden Päpste eingekleidet.

Wir kommen gemeinsam an, auf die Minute genau. Umso pünktlicher, da es eine feierliche Stunde ist. Benedikt XVI. hat seinen Rücktritt angekündigt, ein neuer Papst wird in Kürze gewählt und wir haben nur noch zwei Tage Zeit, um den drei päpstlichen Gewändern, die für etwa zehn Tage im Schaufenster ausgestellt werden, den letzten Schliff zu geben. Denn so will es die Tradition: Bei jeder *Sedisvakanz* gibt der Vatikan drei Versionen derselben Ausstattung in Auftrag, S, M und L, da die Körperfülle des zukünftigen Pontifex' ja noch nicht bekannt ist. Sobald das Konklave eröffnet wird, werden die Gewänder gefaltet und je nach Größe in eine Schachtel gelegt, von der Unterwäsche über die Kalotte bis hin zu Schuhen und Accessoires.

Wir stoßen die Tür des Ladens auf und gehen an den Regalen vorbei, auf denen die Stoffe sorgfältig nach Farben sortiert sind: das bischöfliche Violett, das kardinale Rot, das päpstliche Weiß.

Lorenzo Gammarelli, unser Chef, geschniegelt und gebügelt, ist schon im Laden beschäftigt.

„*Buon giorno a tutti!*", ruft er uns zu, während er eine Brokatrolle zurück in das Regal stellt. Er braucht uns keine Anweisungen zu geben, wir kennen uns aus. Wir sind alle um die fünfzig, Teresa sogar um die sechzig. Wir sind erfahrene Näherinnen. Wir hätten nie gedacht, dass eines Tages der Zufall unsere Lebenswege unter kirchlicher Schirmherrschaft zusammenführt.

Teresa ist bereits seit 15 Jahren im Dienst, nach Johannes Paul II. und Benedikt XVI. ist dies der dritte Papst, den sie einkleidet. Angela, die Jüngste, kam erst vor zwei Jahren und ist noch Neuling auf diesem Gebiet. Giovanna und ich sind seit einem Jahrzehnt dabei und ein unzertrennliches Paar. Wir haben uns seit dem Tag, an dem wir uns zum ersten Mal trafen, von Werkstatt zu Werkstatt weiterentwickelt.

Es war Sommer und ich saß im Hof des Gebäudes in der *Via dell'Esquilino*, in das ich gerade eingezogen war. Ich blätterte in einer Burda-Zeitschrift und suchte nach einem Schnittmuster für ein Sommerkleid. Giovanna war auf mich zugekommen, hatte sich auf die Bank gesetzt und mit Blick auf die Zeitschrift gefragt: „Nähen Sie?". Manchmal braucht es nur wenig, zwei kleine Wörter wie „Nähen Sie?" und schon beginnt eine lange Geschichte der Freundschaft. Damals wollte ich nach der Geburt meiner Tochter wieder arbeiten. Das Atelier, in dem Giovanna beschäftigt war, suchte eine Näherin, und so hatte alles begonnen.

Wir steigen die schiefe Treppe hinauf. Uns ist bewusst, dass wir das Allerheiligste betreten, das für gewöhnliche

Sterbliche unzugänglich ist. Wir befinden uns im Zentrum der päpstlichen Paramentik.

Wir ziehen unseren hellblauen Kittel an. Wir liegen gut in der Zeit. Wir haben die drei Soutanen aus weißer Wolle fertiggestellt, die zu ihrer Pelerine passen, sowie die Gürtel aus Moiréseide.

Giovanna nimmt die Mozetta aus rotem Samt wieder auf. Nun muss sie noch die Hermelinborte anbringen. Es ist Winter, die Mozetta wird die Schultern des Papstes warmhalten, wenn er zum ersten Mal auf dem Petersplatz erscheint.

Was wir drei, Teresa, Angela und ich, noch anfertigen müssen, sind die Knopflöcher, die auf die Vorderseite der Soutane gestickt werden. Es folgt das Annähen der Knöpfe. Die Knopflöcher erfordern unsere ganze Geschicklichkeit und unser ganzes Können. Es sind Schneiderknopflöcher, weil sie horizontal sind, im Gegensatz zu den Wäscheknopflöchern, die vertikal sind.

Wir haben ausgelost.

Von nun an herrscht Stille im Atelier. Wir wissen, was zu tun ist. Wir markieren die Stellen, an denen wir die Knopflöcher nähen. Zwischen jedem Knopfloch lassen wir einen Abstand von 4,5 Zentimetern. Teresa zeichnet dreiunddreißig Striche für die L-Soutane, Angela einunddreißig für die M-Soutane und ich neunundzwanzig für die S-Soutane. Man sagt, dass die dreiunddreißig Knopflöcher die dreiunddreißig Jahre im Leben Christi symbolisieren sollen.

Wir schneiden und stanzen dann das Ende an der Kante des Kleidungsstücks, um die Rundung zu formen.

Wir säubern den Schlitz und steppen zwei Millimeter vom Rand entfernt rundherum ab.

Um ein Relief zu erzeugen, spannen wir einen Leinenfaden entlang des Schlitzes und besticken ihn gleichmäßig mit Seidenschnürchen.

Ein Knopfloch, dann noch eines, dann noch eines. Unsere Gedanken wirbeln herum und stumpfen dann ab. Bald führt das Seidenschnürchen den Tanz an und leitet die Bewegung der Hand von der Außenseite nach der Innenseite und umgekehrt. In der Nüchternheit der Geste liegt eine Form der Askese des gegenwärtigen Augenblicks, der im vollen Bewusstsein dessen, was er ist, erlebt wird.

Nur das Glockengeläut der Tür unten dringt gedämpft an unsere Ohren. Es kündigt den Besuch eines neuen Kunden an. Denn obwohl der Laden schon seit ewigen Zeiten Kardinäle, Nonnen und andere Prälaten empfängt, gehört er seit einiger Zeit auch zum Pflichtprogramm eines jeden Touristen, der etwas auf sich hält. Natürlich gehören unsere Alben, Messgewänder, Schals und Soutanen nicht zu seiner Garderobe. Aber EIN Accessoire ermöglicht es ihm, ein wenig von der kirchlichen Aura mitzunehmen: Socken aus schottischem Garn. Weiß für Mönche, violett für Bischöfe und rot für Kardinäle. 22€ pro Paar.

„Und was ist mit dem Modell des Papstes?", erkundigt sich der Tourist.

„Tut mir leid, wir verkaufen es nicht!", erwidert Lorenzo Gammarelli in einem distanzierten Tonfall.

Ein Knopfloch, dann noch eines, dann noch eines.

„*Oh no!*", ruft Angela aus. Ein Blutstropfen rollt auf den elfenbeinfarbenen Stoff.

„*Fai attenzione! Non toccare la stoffa!*",[10] ruft Teresa und springt auf. Sie holt ihre Zauberphiole aus dem Schrank, gießt etwas Flüssigkeit auf einen Lappen und tupft den Stoff ab. Teresa kennt die Risiken des Berufs.

„*Perfetto!*", sagt sie triumphierend und präsentiert den makellosen Stoff. Angela, erleichtert, nimmt den Lauf ihrer Stickerei wieder auf.

Das letzte Knopfloch – ich mache den letzten Stich. Ich ziehe den Leinenfaden in das Innere der Soutane ein und mache am Ende einen Stopper. Ich schneide die Seidenkordel ab.

Bald darauf legt Angela ihre Schere weg, dann Teresa. Wir betrachten unsere gegenseitigen Werke. Wie wird der Papst aussehen? Schlank? Untersetzt? Mager? Dickbäuchig? Wir stellen alle möglichen Spekulationen an. Wir haben beschlossen, dass wir nicht auf den Petersplatz gehen werden. Wir werden uns vor dem Fernsehschirm niederlassen. Wir wollen den Pontifex in Großaufnahme sehen. Wir wollen unsere Soutane sehen – und unsere Knopflöcher! Wir gehen zu Giovannas Haus.

Als Papst Franziskus am 13. März 2013, um 20 Uhr, auf dem Vorplatz des Petersplatzes erscheint und in aller Einfachheit erklärt: „*Fratelli e sorelle, buona sera*", haben Teresa, Angela, Giovanna und Annamaria nur Augen für seine Soutane. Sie wissen, dass er Teresas Soutane trägt und dass die anderen beiden gefaltet in ihrer Schachtel liegen. Giovanna schmollt: Der Papst trägt die Mozetta

---

10   „Sei vorsichtig! Fass den Stoff nicht an!"

aus rotem Samt nicht auf den Schultern, sondern hat ihr eine einfache weiße Pelerine vorgezogen.

Die vier Frauen starren auf den Bildschirm und sind mit der geleisteten Arbeit zufrieden.

Das Gewand macht den Papst, davon sind sie überzeugt. Ein Papst ohne päpstliches Gewand ist kein Papst.

Sie sagen sich, dass sie jetzt, da die Statur des Heiligen Vaters nun bekannt ist, ihre Arbeit wieder aufnehmen und seine Garderobe vervollständigen werden. Was sie noch nicht wissen, ist, dass der Papst den katholischen Pomp meidet und seine Erzbischofsgewänder lieber im Vatikan umändern lässt.

Aenne Burda

Mein Name ist Karin Müller. Ich bin 20 Jahre alt, als Aenne Burda mich 1952 als Schnittmustermacherin einstellt. Die erste *Burda Moden* war zwei Jahre zuvor erschienen. Schon damals war mir klar, dass sich in der Mode etwas Neues ankündigte. Die deutschen Frauen der Nachkriegszeit wollten sich schön machen und das für wenig Geld. Sie hatten Steine und Schutt herumgeschleppt, bei jedem Fliegeralarm sich in die Keller verkrochen und Geschichten von Prinzen und Prinzessinnen erfunden, um ihre Nachkommen zu beruhigen. Sie hatten einen alten, abgetragenen Mantel in ein neues Kleidungsstück für den Kleinen verwandelt.

Von nun an wollten sie ein wenig an sich selbst denken und ihre Weiblichkeit wiederfinden, sie ahnten, dass sie die Kreativität in ihren Fingerspitzen hatten. Die Pariser Haute Couture bot ihnen nur unerreichbare Träume. Aenne Burda würde ihnen das geben, was sie sich wünschten, und zwar zu dem Zeitpunkt, an dem sie es wünschten, aber das wusste noch niemand. Und ich als Schnittmustermacherin war daran beteiligt, diesen Traum zu verwirklichen. Aber das würde mir erst viel später klar werden.

Ich war gerade eingestellt worden. Ich war also bei dem Abenteuer dabei und sehr stolz darauf. Ich blättere in meinem Erinnerungsalbum und bleibe bei dem Foto meiner ersten Stelle hängen. Im Vordergrund bin ich mit geglättetem Haar zu sehen, trage eine schwarze Weste und eine weiße Bluse und habe einen Bleistift in der Hand. Ich sitze an einer langen Arbeitsfläche, auf der drei weitere Schnittmustermacherinnen ihre Arbeit verrichten. Hinter uns stehen vier Schneiderpuppen, an denen sich junge Modellzeichnerinnen zu schaffen machen. Auf der ersten Schneiderpuppe, direkt hinter meinem Stuhl, ist bereits ein Prototyp fertiggestellt. Ich erinnere mich, als wäre es gestern, an dieses blau-weiß geblümte Frühlingskleid mit der figurbetonten Bluse und dem weiten Rock, der vorne geknöpft ist. Das Schnittmuster hatte ich selbst entworfen. „Gut gemacht!", hatte mir Aenne Burda zugerufen. Das erste Kompliment in meiner Karriere...

Es ist so selten, als Schnittmustermacherin ein Kompliment zu bekommen. Wir sind verantwortlich für die verborgene Phase bei der Anfertigung des Modells, zwischen Entwurf und Zuschnitt. Wir sind unsichtbar, doch unverzichtbar. Damals hatten wir nur Papier, Lineal, eine Art Geodreieck, Zirkel und Maßband als Arbeitsmittel. Wir fertigten die verschiedenen Teile des Schnittmusters in Größe 42 an, das war die Referenzgröße, von der aus wir alle anderen Größen abwandelten. Auf dem Seidenpapier nummerierten wir die verschiedenen Teile. Wir brachten alle für den Schnitt notwendigen Markierungen an, den Fadenlauf, die Stellen, an denen die Abnäher, Taschen und Knöpfe angebracht werden sollten. All diese äußerst präzisen Arbeiten werden von Hand ausgeführt. Wie haben wir das ohne computergestütztes Design geschafft? Heute erscheint mir das fast unvorstellbar.

Und doch sollte es noch mehr als zwei Jahrzehnte dauern, bis die Anfänge der digitalisierten Arbeit das Licht der Welt erblickten. Bis dahin hatte Aenne Burda die geniale Idee, dem Modemagazin die Schnittmuster für die Modelle beizulegen. Sie umgibt sich mit fähigen Leuten und ich gehöre dazu! Denn meine Chefin kann weder zeichnen noch nähen, aber sie hat zwei Eigenschaften, die sie sehr schnell zum Erfolg führen werden: Sie hat einen guten Geschmack und kann auf Anhieb die richtigen Entscheidungen treffen.

In meiner Erinnerungskiste habe ich ein kostbares weißes Banner aufbewahrt, auf dem die Zahl Eins gefolgt von sechs Nullen steht. Wir schreiben das Jahr 1965. Wir feiern eine Million Exemplare von *Burda Moden*. Aenne Burda hat eine kleine Feier mit ihren engsten Mitarbeiterinnen und Mitarbeitern organisiert. Sie posiert in der Mitte des Bildes in einem enganliegenden Kleid, umgürtet mit dem Banner wie jede von uns. Ich sitze in der ersten Reihe, ganz rechts. Ich bin aufgestiegen und leite ein Team von zwanzig Personen. Die Schnittmuster haben keine Geheimnisse mehr für mich, meine Mitarbeiterinnen erschaffen sie in allen erdenklichen Variationen, ich beaufsichtige das Ganze. Wir sind jetzt in einem brandneuen Gebäude untergebracht, wir haben Licht und Platz. Aber Vorsicht im Falle eines Fehlers! Meine Chefin wird dann sehr wütend, und es passiert, dass ich weinend aus ihrem Büro komme. Doch der Sturm ist nur von kurzer Dauer und die Arbeit geht mit neuem Schwung weiter. Wir fürchten und bewundern sie gleichermaßen. Sie setzt sich mit Leib und Seele für ihr Unternehmen ein.

Ich erinnere mich an einen Abend, wir schreiben die 70er Jahre, als ich im Fernsehen eine Varietésendung verfolge. Es wird ein kurzer Bericht gezeigt, in dem der Reporter einen Passanten nach der Richtung fragt und dabei einen Stadtplan zeigt. Der Passant dreht den Stadtplan in alle Richtungen und bedauert, dass er die gesuchte Information nicht geben kann. Was er nicht bemerkt, ist, dass der Stadtplan gar kein Stadtplan ist. Es handelt sich um ein Blatt mit Burda-Schnitten. Ich habe an diesem Abend viel gelacht.

Aber der Abend, der sich in mein Gedächtnis eingebrannt hat, der Abend, an dem ich spürte, dass ich wirklich zur großen Modefamilie gehörte, war der 4. März 1987. Die Fernsehsender auf der ganzen Welt übertragen ein Bild: Es zeigt zwei strahlende Frauen, die auf einem geblümten Sofa sitzen, die Hände auf den Knien gefaltet haben und in die Kameras lächeln. Raissa Gorbatschowa empfängt Aenne Burda zur Teestunde, einen Tag nach der Modenschau von *Burda Moden* in Moskau, die zur Feier des ersten Erscheinens der Zeitschrift auf Russisch veranstaltet wurde. Das Schnittmuster für die Hahnentrittjacke, die auf dem Cover zu sehen ist, wurde von meinem Team angefertigt. Ich habe gerade meinen 55. Geburtstag gefeiert.

In einer Zeit, in der sich in den westlichen Ländern Jeans, T-Shirt und Turnschuhe als moderne und lässige Kleidung durchsetzen, können die Frauen im Osten zum ersten Mal ihre Träume von gutsitzenden und eleganten Kleidern befriedigen. Aenne Burda war damals 78 Jahre alt und sagte später, dass die Moskauer Modenschau den Höhepunkt ihrer Karriere darstellte. Sie wurde wie ein

Staatsoberhaupt empfangen. Der damalige Außenminister Hans Dietrich Genscher sagte, dass sie durch die Mode mehr für die Öffnung des Ostens getan habe als drei Botschafter zusammen.

Ich ging im selben Jahr wie meine Chefin in Rente, 1993. Aenne Burda war damals 84 Jahr alt, sie war am Ende ihrer Träume angelangt. Sie entschied sich endlich, die Verantwortung abzugeben, dem Schmerz des Verzichts und der unaufhaltsam verstreichenden Zeit ins Auge zu sehen. Ich war erst 61 Jahre alt und hatte noch einen Traum vor mir, eine Reise, die ich schon seit Jahrzehnten machen wollte, ohne mir genau erklären zu können, warum das so war. Nach Thailand reisen, Bangkok besuchen und eine Woche auf Phuket verbringen. Und genau das tat ich.

Da ich es nicht gewohnt bin, die Welt zu bereisen, habe ich einen Reiseführer engagiert, um die thailändische Hauptstadt zu durchstreifen. Und dort, an einer Straßenecke, blieb ich vor der Schaufensterfront eines alten Ladens stehen. In großen Lettern stand in der ersten Zeile *Burda*, gefolgt von thailändischen Schriftzeichen, in der zweiten Zeile *Ladies & Gents Tailors*. Ich ging näher heran.

An der Eingangstür stand *Burda tailor* und die Begrüßungsworte *welcome, willkommen*. Ich betrat den Laden. Ein freundlicher alter Mann begrüßte mich. In gebrochenem Englisch erklärte ich ihm, woher ich kam und warum ich hier war. Ich zeigte mit dem Zeigefinger auf einige *Burda Moden,* die auf einem niedrigen Tisch lagen. Ich schlug eines auf und zeigte die Schnittmuster. Ob der alte Mann verstand, was ich meinte? Es war mir eigentlich egal.

Am anderen Ende der Welt fand ich das wieder, was mein Leben ausgemacht hatte. „Wenn es einen Himmel gibt, dann zwinkert er mir zu", dachte ich, als ich den Laden verließ.

Der Fortgang der Reise bestand aus weiteren Entdeckungen, aber das stärkste Bild, das mir in Erinnerung geblieben ist, ist dieses: ein Geschäft mit einem Burda-Werbeschild in einer belebten Straße in Bangkok.

Huguette

Huguette wacht erschrocken auf. Sie öffnet die Augen und ist etwas verwirrt. Ein Lichtstrahl am Rande des Vorhangs zeigt ihr, dass die Nacht vorbei ist. Wie spät ist es? Sie beugt sich zu dem Glastisch neben ihrem Bett und hebt ihren Wecker hoch. Sechs Uhr! Es ist erst sechs Uhr! Sie schlüpft unter die Bettdecke, wirft wie jeden Morgen seit nunmehr sechs Monaten einen verstohlenen Blick auf den leeren Platz neben sich... Sie seufzt, unterdrückt ein Schluchzen.

Maurice ist von uns gegangen. Sie macht sich Vorwürfe, ihn nicht ins Krankenhaus begleitet zu haben, sie hatte ihm gesagt: Bis morgen! Morgen komme ich dich besuchen. Sie hätte nicht gedacht, dass... Als der Krankenwagen ihn abholte, war es bereits dunkel. Huguette hatte darauf verzichtet, dem Fahrzeug zu folgen. Sie war seit etwa zehn Jahren nicht mehr im Dunkeln gefahren.

Die Reue quält sie. Sie stellt sich vor, wie Maurice allein in seinem Bett liegt, von allen verlassen. Er hat es ihr wahrscheinlich übelgenommen, dass sie nicht bei ihm war. Über die Umstände seines Todes weiß sie nichts. Der Arzt weigert sich, sich zu diesem Thema zu äußern.

Von diesen unheilvollen Gedanken ermüdet, steht Huguette auf, geht die Treppe hinunter und betritt die Küche. Eine Amsel singt aus voller Kehle auf dem Geländer der Veranda. Sie beobachtet den Vogel und wagt es nicht, eine Bewegung zu machen, aus Angst, er könnte vorzeitig wegfliegen. Sie begrüßt ihn als gutes Omen für den Tag.

Sie bereitet sich einen Kaffee zu, setzt etwas Milch auf und toastet eine Scheibe Brot. Sie trinkt ihn in kleinen Schlucken und schmiedet einen Plan für den Tag. Am späten Vormittag wird sie auf den Marktplatz gehen, da ist sie sicher, jemanden zu treffen. Vor allem sollte sie sich nicht isolieren, das hatte ihr Arzt empfohlen. Auch wenn Sie keine Lust haben, gehen Sie raus, machen Sie einen Spaziergang.

Sie geht zum Briefkasten, die Tageszeitung *Ouest France* wartet auf sie, in der Mitte gefaltet, nass auf den ersten Seiten. Wahrscheinlich ein neuer Zusteller, der sich nicht die Mühe macht, die Zeitung in den Kasten zu stecken. Sie muss es melden, denn ihre Zeitung ist schon mehrmals nass geworden. Nein, so kann es nicht weitergehen. Wie immer überfliegt sie als Erstes die Todesanzeigen. Hier: Monsieur Raymond ist gestorben, das haben wir erwartet, nicht wie Maurice, der so plötzlich gegangen ist. Wer weiß, vielleicht kann ich mit Madame Raymond gemeinsam etwas unternehmen, denkt Huguette. Wir sind jetzt in der gleichen Situation.

Von einem plötzlichen Verlangen getrieben, steht sie auf und geht ins Wohnzimmer. Sie wirft einen verstohlenen Blick auf das Gemälde an der linken Wand, eine Reproduktion von Félix Vallotons *Femme cousant dans un intérieur*. Sie liebt diese junge Frau in einem langen schwarzen Rock und einer Bluse mit weißem Kragen, die in ihrem Sessel zwischen dem Fenster und dem Bett sitzt, den Kopf gesenkt hat und sich auf ihre Näharbeit konzentriert. Durch dieses Bild ist die junge Frau allgegenwärtig. Huguette kann sich auch nicht mehr an die Umstände erinnern, unter denen sie das Bild erworben hat.

Gegenüber dem Bild, an der rechten Wand, steht ein chinesischer Schrank aus lackiertem Ulmenholz, in dem sie sorgfältig eine Menge Stoffcoupons in allen erdenklichen Qualitäten gefaltet und gestapelt hält. Wollkrepp und -tuch, Seidentaft, Viskosejersey, Pongé, Faille, Leinen, Baumwolle, Tussor und Satin. Das ist ihr geheimer Kleiderschrank, ihr Zufluchtsort. Egal, wohin sie in der Welt reiste, sie kaufte Stoffe aus den wertvollsten Materialien. Sobald sie nach Hause kam, verstaute sie sie in ihrem chinesischen Schrank. Eines Tages, zu ihrem Geburtstag, hatte Maurice sie mit einer Nähmaschine überrascht! Er war sich so sicher, dass dies das richtige Geschenk für seine Frau war! Aber schon bald musste er verärgert feststellen, dass die Nähmaschine in die hinterste Ecke eines Schranks in der Abstellkammer verbannt worden war. Huguette war eine Schneiderin der besonderen Art: Sie nähte nie. Das Sammeln von Stoffen machte sie glücklich, denn sie musste sie nicht bearbeiten oder in Kleidung verwandeln.

Sie öffnet die beiden Flügel des Schranks und holt einen Taft mit Blumenmotiven, einen gemusterten Wollkrepp, einen Seidenjersey in Immergrünblau, einen Viskosejersey in Perlgrau und einen Cannelé aus magentafarbener Wolle heraus. Das kleine Spiel beginnt: Zuerst die Stoffe abtasten, sie drapieren, Material- und Farbkombinationen ausprobieren. Sie legt den perlgrauen Jersey zurück in den Schrank und holt ein Leinen in der gleichen Farbe heraus. Dabei stößt sie auf einen karierten Seidencoupon, den sie völlig vergessen hatte. Wie Prousts Madeleine reaktiviert der Anblick dieser Seide in ihr eine Reihe von Bildern im Zeitraffer. Sie ist in Hué, es ist feucht und heiß. Sie hatten den ganzen Tag in der Kaiserstadt verbracht und kehrten erschöpft ins Hotel zurück. In der Hotelhalle hatte die Klimaanlage sofort ihre heiße Haut gekühlt. Dort hatte sie in einer Vitrine die Seidencoupons entdeckt. Ihre Wahl war auf diesen gefallen, der weiß, gelb und violett kariert war. Sie streicht gedankenverloren über den Stoff. Die Idee, daraus eine Bluse zu nähen, war ihr gekommen, aber sie hatte sie schnell wieder verworfen. Der Coupon war ein Coupon geblieben, wie alle anderen auch.

Huguette beschließt, die Reihenfolge eines Stapels von Stoffen umzukehren. Sie gerät in eine Art Rausch, den sie nur sich selbst zu verdanken hat. So können Stunden vergehen. Als sie satt ist, faltet sie die Coupons zusammen und schließt die beiden Flügel des Schranks. Sie fühlt sich besser. So eine Stoffrunde ist Balsam für ihre wunde Seele.

Das kleine Spiel, das sie gerade gespielt hat, hat ihre Sinne geschärft. Es fällt ihr nicht schwer, ein Outfit zum Ausgehen auszuwählen. Sich nicht gehen lassen, ist ihr Motto. Maurice ist nicht mehr da, um ihr Komplimente zu machen, aber das macht nichts, sie legt weiterhin Wert auf ihre Kleidung, für sich selbst. An diesem Tag entscheidet sie sich für einen königsblauen Rock und einen kurzärmeligen Angora-Pullover. Sie greift nach einem kragenlosen, leicht taillierten Couture-Wollmantel mit drei Perlmuttknöpfen auf der Vorderseite. Er wird an diesem kühlen Frühlingstag zum perfekten Outfit. Sie trägt hellrosa Ballerinas und legt sich einen Schal um den Hals, dessen Muster die Farbtöne ihrer Kleidung aufgreift. Hut oder nicht Hut? Sie zögert, greift nach einem koketten Filzhut mit einer Blume an der Seite und setzt ihn auf. Sie ist bereit.

Sie geht auf den Marktplatz, in eine sonnige Ecke. Dort bietet Felix, ein Barista mit gutem Ruf, in seinem kleinen umgebauten Lieferwagen Kaffee und verschiedene Sandwiches an. Sie wird einen Cappuccino mit einem Herz im Milchschaum bestellen – Felix' Spezialität – und sich dann auf einer Bank, an die Steinmauer gelehnt, niederlassen. Und sie wird darauf warten, dass etwas passiert.

Reshma

Es ist noch dunkel, als Reshma die Blechhütte verlässt, die sie sich mit ihrer Mutter und ihrem Sohn in den Slums westlich von Dhaka teilt. Es gibt nur einen einfachen Raum, der als Küche und Schlafzimmer dient, und abends werden die Matratzen auf dem Boden ausgerollt, das ist alles. Eines Tages kam ihr Mann nicht mehr zurück und ließ sie mit ihrem Sohn allein. Also zog ihre Mutter vom Land in die Stadt. Es gab keine andere Lösung, sie musste sich um den Kleinen kümmern. Reshma legt in einen Blechnapf, was ihr Mittagessen sein soll: Reis, Gemüse, Linsensuppe. Von einem Tag zum anderen variiert der Speiseplan kaum, aber sie beschwert sich nicht. Sie kennt nichts anderes.

Wie jeden Morgen hat Reshma den *Salwar-kameez* angezogen, eine Pluderhose, eine lange Tunika und ein passendes Kopftuch. Sie wechselt zwischen drei Farben: Rosa, Blau und Gelb. Heute trägt sie das gelbe Gewand und hat den *Dupatta* über ihre Schultern gelegt. Andere Frauen drapieren ihn um den Hals oder über den Kopf, aber sie trägt ihn am liebsten über den Schultern. Der *Salwar-kameez* ist die traditionelle Kleidung der Frauen in Bangladesch. Er verleiht ihnen eine stolze Haltung, die der Armut trotzt.

Ein letzter Blick auf ihren Sohn, der sich auf der Matratze zusammengekauert hat. Ein Wort des Abschieds, das sie ihrer Mutter zuflüstert, und schon rennt sie mit ihrem Napf in der Hand durch die Gasse des Slums.

Kaum ist sie ein paar Schritte gegangen, schließen sich ihr andere Arbeiterinnen an. Shalima, Nasrin und Kusum sind die ersten, die sie begrüßen. Sie gehen zügig weiter und werden immer zahlreicher. Am Straßenrand stehen einige Männer, die sie beschimpfen und beleidigen. Die Frauen gehen einfach weiter. Als sie sich, aus einer Unzahl belebter Straßen kommend, allmählich der Fabrik nähern, bilden sie eine bunte Menge. Die Straße erstrahlt in Regenbogenfarben.

Um Punkt acht Uhr sitzt Reshma an ihrem Arbeitsplatz hinter ihrer Nähmaschine an der vierten Stelle. Eine Produktionslinie besteht aus vierundzwanzig Arbeiterinnen, was genau der Anzahl der Arbeitsschritte entspricht, die für die Herstellung eines T-Shirts erforderlich sind. Jede Arbeiterin führt nur eine einzige Naht aus, die immer gleich ist. Mit dem rechten Fuß tritt sie auf das Geschwindigkeitspedal, mit dem linken Fuß betätigt sie einen Mechanismus, der das genähte Stück an die Maschine der vor ihr sitzenden Arbeiterin weiterleitet. An ihre Maschine gefesselt, mit einer Atemschutzmaske vor dem Mund, im Lärm von Ventilatoren und Lautsprechern, die in Endlosschleife Musik abspielen, hält Reshma den Takt. Manchmal wird ein Krampf in der Wade sie dazu bringen, langsamer zu machen, aber das Kommen und Gehen des Chefs in Khakiuniform bringt sie schnell wieder auf Touren. Gelbe T-Shirts, grüne T-Shirts, rote T-Shirts, blaue T-Shirts, weiße T-Shirts, schwarze T-Shirts, mit oder ohne Muster. Hundert T-Shirts pro Stunde, neun Stunden lang, manchmal zehn oder noch mehr. Der Chef in Khakiuniform erzählt, dass Amerikaner und Europäer von diesem Kleidungsstück begeistert sind, dass sie es zu jeder Tages-

und Nachtzeit tragen, dass sie nie genug davon haben und dass immer mehr davon produziert werden müssen. Eine Milliarde T-Shirts pro Jahr allein in Europa – der Chef ist stolz darauf, diese Zahl zu nennen. Er fragt sich, woher diese Begeisterung kommt. Er kann es nicht wissen. 1951 stellte der Schauspieler Marlon Brando in dem Film *Endstation Sehnsucht* seine Muskeln und seine Männlichkeit in einem T-Shirt zur Schau. Es war das erste Mal, dass diese Art von Kleidungsstück auf der großen Leinwand auftauchte. Aber der Chef kennt Marlon Brando nicht. Die Namen seiner Idole klingen anders.

In der Mittagspause holt Reshma ihren Blechnapf heraus. Sie nimmt die Schutzmaske ab, die ihren Mund bedeckt, und atmet tief ein. In der einzigen Pause des Tages wechselt sie zwei Worte mit ihren Arbeitskolleginnen. Manchmal sagt sie nichts, weil sie von der vielen Arbeit betäubt ist und ihr Mittagessen wie ein Automat hinunterschlingt. Sie kommt von weither. Sie hat nichts vergessen.

Fünf Jahre sind seit dem schicksalhaften Tag am 24. April 2013 vergangen, als das Rana-Plaza-Gebäude, in dem sich die Schneiderei befand, einstürzte. Als Reshma an diesem Tag das Gebäude betreten hatte, waren ihr riesige Risse in den Wänden aufgefallen. Sie rief die anderen Arbeiterinnen zusammen. Alle waren wieder herausgekommen und hatten sich geweigert, unter solchen Bedingungen zu arbeiten. Die Vorgesetzten in Khaki-Uniform schrien „Skandal!" und drohten den Frauen mit sofortiger Entlassung. Die Frauen hatten es sich widerwillig anders überlegt. Sie mussten Geld verdienen und hatten keine andere Wahl.

Zwei Stunden später war Rana Plaza nur noch ein Schutthaufen, ein Gewirr aus Maschinen, Schrott und

Betonblöcken, leblose Körper, hier und da ein paar Kleiderfetzen. Schreie aus allen Richtungen! Ein beißender Geruch von Rauch und dichtem Staub. Später hieß es, dass vier Stromgeneratoren unter dem Dach den Einsturz ausgelöst hätten. Man wird sagen, dass das Dröhnen der Maschinen die Wände erschüttert hätte. Man wird behaupten, dass die Sicherheitsstandards niemals eingehalten worden seien. Man wird vieles sagen.

Reshmas Rettung ist ein Wunder. Die Toten waren gezählt, insgesamt 1200, und die Aufräumarbeiten verwischten unaufhaltsam alle Spuren der Katastrophe. Siebzehn Tage waren vergangen, bevor die Bulldozer in Aktion traten. An diesem Morgen rief eine dünne Stimme um Hilfe – Reshmas Stimme. Vierzig Minuten lang waren die Helfer und Soldaten in Kampfuniformen unermüdlich im Einsatz, die Rettung wurde live im Fernsehen übertragen. Als die junge Frau blass und abgemagert auf der Bahre erscheint, sieht man nur ihr langes, eng um den Hals geschlungenes fuchsiafarbenes Tuch, das ihre Brust bedeckt und bis zu den Hüften reicht. Die Eleganz einer Überlebenden der letzten Stunde. Später wird sie in ihrem Krankenhausbett liegen und erzählen, wie sie an diesem Morgen zu spät aufwachte, ihren *Salwar-kameez* hastig anzog und keine Zeit mehr hatte, ihren Blechnapf zu füllen. Auf dem Weg zur Fabrik hatte sie drei Packungen Kekse gekauft, die sie in ihre Tasche gesteckt hatte. Sie befand sich im dritten Stock, in der Hosenproduktionsline. Sie wollte ihre Hand in die Tasche gleiten lassen und eine Packung Kekse öffnen. Sie hatte keine Zeit dazu. Eine schreckliche Verpuffung, ein ohrenbetäubender Lärm. Wie war sie in den zweiten Stock gelangt, in einen

Hohlraum, der ihr Luft und Platz zum Überleben bot? Sie weiß es nicht. Es ging alles sehr schnell. „Und was haben Sie gegessen?", fragte die Journalistin. Sie hatte nur ihre kleinen Kekse, die letzten zwei Tage hatte sie gar nichts mehr. Nur ein wenig Wasser. Es war schrecklich, wird sie später sagen. Ein Martyrium, ein Albtraum! Sie hörte Stimmen, sie trommelte mit den Füßen, aber niemand reagierte. Sie hatte die Hoffnung verloren, jemals wieder den Tag und das Licht zu sehen. Sie hatte sich damit abgefunden.

Reshma schließt den Deckel ihres Blechbehälters. Was ist seitdem passiert? Die junge Frau ist in ihr altes Leben zurückgekehrt, mit dem Willen zu kämpfen und nicht mehr zu leiden. Sie ging auf die Straße. Sie schrie ihre Wut heraus und forderte Veränderungen. Seitdem erklären Wirtschaftswissenschaftler, dass die Sicherheitsstandards zuverlässiger sind, die Bezahlung der Arbeit gerechter, dreiundachtzig Euro statt vierzig. Wohlmeinende Länder gedenken der Tragödie mit einem *Fashion Revolution Day*.

Ein schrilles Klingeln reißt Reshma aus ihren Gedanken und Erinnerungen. Die Mittagspause ist vorbei. Die ganze Welt wartet auf die Lieferung von billigen T-Shirts. Die *Fast Fashion* hat noch nicht das letzte Wort gesprochen.

Erkan

Fünf Uhr morgens. Der Wecker klingelt. An diesem Morgen wird Erkans Elan schon bei der ersten Bewegung gebremst. Er setzt sich geschwächt auf die Bettkante, sein Atem stockt. Schon seit einiger Zeit spürt er, dass seine Atmung nicht mehr gleich ist und immer ruckartiger wird. Aber mit zweiundzwanzig Jahren hält man sich nicht mit seiner Gesundheit auf. Er bereitet sich eine Tasse Kaffee zu und trinkt sie in kleinen Schlucken. Er wäscht sich notdürftig, zieht Hemd und Hose an. Nur wenige Schritte trennen ihn von der Werkstatt, in der er von sechs bis achtzehn Uhr arbeitet.

Erkan war noch sehr jung, als er sein Dorf in Zentralanatolien verließ, gerade einmal vierzehn Jahre alt. Wie seine Brüder, die ihm vorausgegangen waren, machte er sich auf den Weg nach Istanbul. Er wusste nichts über die Stadt, auf einem Stück Papier hatte er nur eine Adresse: 12, Sultan Mektebi Sokagi, nicht weit von der Mahmut-Paşa-Moschee entfernt. Man hatte ihm gesagt: „Wenn du das Grab von Mahmut Paşa mit seinen kleinen blauen, schwarzen, grünen und türkisfarbenen Kacheln siehst, bist du angekommen." Er hoffte auf ein besseres Leben, Geld zu verdienen und etwas zu sparen. Wie seine Arbeit aussehen würde, wusste er nur vage. Man hatte ihm von Textilien erzählt, von etwas, das mit Jeansstoff zu tun hatte, aber er hatte nicht nach Einzelheiten gefragt. Ihm war nur wichtig, dass er seiner Familie nicht mehr zur Last fallen musste.

Es dauerte nur kurze Zeit, bis er sich auf den Geschmack der Zeit eingestellt hatte, einen bitteren und desillusionierten Geschmack. In seiner Kabine sitzend, mit einer automatischen Pistole in der Hand, die an einen Schlauch angeschlossen ist, wiederholt er den ganzen Tag über dieselbe Geste: Von unten nach oben und dann von oben nach unten an jedem Jeansbein sprüht er Sand auf den Stoff. Die Hitze ist erdrückend. Ein kleiner Ventilator, der an der Decke hängt, kann des Staubs nicht Herr werden. Er dringt in seine Unterwäsche und auf heimtückischere Weise durch Ohren, Nase und Mund in seinen gesamten Organismus ein. Dass auch seine Lunge davon betroffen ist, hat ihm natürlich niemand gesagt. Der Arbeitstakt ist irrwitzig hoch. Der entspricht vierhundert Paar Jeans täglich! Erkan erledigt seine Aufgabe mechanisch.

Als er an diesem Morgen das Tor zum Atelier aufstößt, bleibt er auf der Türschwelle stehen, als ob er nicht mehr weiterkönnte. Ihm bleibt die Luft weg. „Nichts wird mehr so sein wie früher", sagt er flüchtig zu sich selbst. Die Ermahnungen seines Vorgesetzten haben keine Wirkung. Erkan hält es nicht mehr aus. Er weiß es. Zum ersten Mal seit acht Jahren wird er diesen Tag nicht beginnen, und auch keinen anderen. Sein Leben ist ruiniert, ruiniert von diesem heimtückischen Sandstaub, der ihn – als wäre er ein Bergmann – zu einem unheilbaren Kranken macht. Die Krankheit trägt einen Namen: Silikose.

Karl

Karl hat an diesem Abend Dienst. Es ist kein Dienst wie jeder andere, denn es ist der 24. und damit Heiligabend. Nur wenige Cafés in Wien bieten die Möglichkeit, außer Haus zu speisen. Das *Café Landtmann* ist also ausgebucht. Karl meldet sich immer freiwillig. Am Abend des 24. im *Landtmann* zu bedienen, ist eine Berufung. Er ist schon seit zwanzig Jahren dabei. Er hat das flüchtige Gefühl, auf der Bühne zu stehen, Schauspieler zu sein und den Abend zu gestalten. Er sagt es gerne: Wenn ich meinen Anzug anziehe, bin ich ein anderer Mensch. Schwarze Jacke und Hose, weißes Hemd, Fliege. In dem großen Saal mit den schweren tannengrünen Vorhängen, den dunklen Teppichen und der gedämpften Beleuchtung inspiziert er die Tische, die Hand unter dem Kinn. Tische, die sich in Alkoven in warmen Braun- und Bordeauxtönen schmiegen, zwei Gedecke, vier oder sogar sechs, die Speisekarten werden verteilt, eine Welt aus Weiß wie ein Standbild. Er korrigiert die Position eines Tellers, den Faltenwurf einer gestärkten Serviette. Er sagt auch, Ich möchte, dass sich die Gäste wie zu Hause fühlen, dass sie aufatmen und durchatmen.

Drei kleine ovale Tische, die leicht aus den Nischen herausragen, wecken seine Neugier. Nur ein einziges Gedeck ist dort zu finden. Wer werden die einsamen Gäste an diesen Tischen an Heiligabend sein? fragt sich Karl.

In dreißig Minuten wird es soweit sein. Die Gäste strömen dann in großer Zahl zur Garderobe, entledigen sich ihrer Mäntel und Schals und betreten den Saal auf der Suche nach dem ihnen zugewiesenen Tisch, während ein Rauschen gedämpfter Worte zu hören ist. Denn im *Landtmann* wird die Stimme nicht erhoben, Diskretion ist oberstes Gebot. Sigmund Freud hatte hier seinen Tisch, schon damals schätzte er die gedämpfte Atmosphäre und die große Auswahl an Zeitungen. Das Café liegt in der Nähe des Burgtheaters und des Parlaments und hat seine Stammgäste aus der Welt des Theaters und der Politik. An Heiligabend ist die Kundschaft jedoch bunt gemischt: alte Wiener Familien und Touristen, die die Freuden der Feierlichkeiten zum Jahresende genießen wollen.

Karl kommt und geht wie in einem millimetergenau orchestrierten Ballett. Der Champagner prickelt in den Gläsern, die Gäste am Tisch unterhalten sich ohne Eile. Dann gibt es grünes Licht für das Servieren des ersten Gangs, einer Kürbiscremesuppe. Karl kann es nicht fassen. An den drei ovalen Tischen haben drei junge Frauen Platz genommen. Drei junge, *schöne* Frauen, sagt er innerlich. Aber was machen sie am Abend des 24. allein? Jede von ihnen hat auf ihr Outfit geachtet. Die eine trägt eine klassische Kombination aus weißer Bluse und schwarzer Hose, ihr blondes Haar hat sie zu einem Dutt hochgesteckt, sodass die üppigen Girandolen wie ein Wasserfall aus zahllosen Perlen herabfallen. Ein paar Meter weiter trägt die zweite ein karamellfarbenes Satinkleid mit raffiniertem Faltenwurf, der ihre hochgewachsene Statur betont. Von der dritten Frau, die sich in der Nähe der Eingangstür niedergelassen hat, sieht man zunächst nur die entblößte linke Schulter. Sie trägt einen leuchtend roten Overall und könnte die Schwester der ersten sein mit ihren langen blonden Haaren, die sie über die Schultern fallen lässt. Die ersten beiden tippen auf ihren Handys herum, die dritte steht aufrecht und wartet darauf, bedient zu werden.

Karl bedient die ersten beiden Frauen. Seine routinierten Handgriffe vermitteln ein Gefühl der Sicherheit. Als er sich der dritten Frau mit einem Teller Suppe in der Hand nähert, unterdrückt er ein leichtes Zucken. Diese Frau ist ihm nicht unbekannt! Aber wo hat er sie schon einmal gesehen? Keine Erinnerung steigt in seinem Gedächtnis auf. Er setzt seinen Dienst stoisch fort. Andere Tische rufen ihn zu sich. Bald muss der zweite Gang des Menüs serviert werden, ein Seezungenfilet auf einem Bett von Grünkohl mit Crème fraîche. Die Frau mit dem leuchtend roten Overall hebt den Kopf, als Karl den Teller vor ihr abstellt. Diese Mandelaugen, die zwei Muttermale am Kinn, das dichte blonde Haar... Er geht in die Küche. Und als er die Flügeltür aufstößt, erscheint ein tief in seinem Gedächtnis vergrabenes Foto. Ein Jahr zuvor hatte er sich auf einer Dating-Website angemeldet und war durch die Profile gesurft. Karla war ihm aufgefallen. Ihr Vorname war so ähnlich wie seiner... Ihr Gesicht war so freundlich und lächelnd... Auf dem Foto trug sie eine leuchtend rote Bluse, Rot muss ihre Lieblingsfarbe sein, dachte er. Ihr Profil hatte ihm gefallen, nüchtern und ohne jede Form von Prunk. An ihre genauen Worte erinnerte er sich nicht. Nüchtern und nicht protzig – das war es, was er sich gemerkt hatte. Er hatte sie sofort geliked, aber als er sie am nächsten Tag wiedersehen wollte, war sie von der Seite verschwunden. Und jetzt steht sie leibhaftig vor ihm. Hat sie mich erkannt? fragt er sich. Er erinnert sich daran, dass er nur Fotos von sich in lässiger Kleidung, Jeans und T-Shirt, gepostet hatte. Er hatte gezögert und darauf verzichtet, ein Foto in seinem Livrée zu wählen, zu konventionell, hatte er sich gesagt. In meinem Anzug bin ich ein anderer Mensch, nicht wiederzuerkennen, stellt er verärgert fest.

„Mango-Baiser-Törtchen", sagt der Kellner und stellt das Dessert vor die Frau im roten Overall.

„Danke, Karl", antwortet sie und schiebt eine lange Haarsträhne über ihre entblößte Schulter zurück.

Die beiden anderen Frauen tippen weiter auf ihren Handys herum.

Sarah

Mit der bloßen Hand ergreift Sarah ihre Kaffeetasse und hält sie am Henkel leicht über den Tisch. Sie hat ihren olivgrünen Wintermantel anbehalten und ihren strohgelben Glockenhut aufgesetzt. Sie ist die letzte Kundin, das Café ist hoffnungslos leer, aber sie klammert sich an ihre Tasse wie an einen Rettungsring, es gibt nur noch diese eine Tasse und sonst nichts. Es ist Heiligabend, sie kann sich nicht vorstellen, wie die Festtage sein werden, sie weiß nur eines: Mitfeiern wird sie nicht. Sie formuliert keinen einzigen Gedanken mehr, sondern verharrt in einem Zustand der Benommenheit und Einsamkeit.

Und doch hatte sie drei Jahre zuvor ihren Traum verwirklicht. Sie war methodisch vorgegangen und hatte alle Schritte eingehalten: Marktforschung, Businessplan, Suche nach einem Ladenlokal, Kauf von Material. Die Suche nach einem Lokal war mühsam gewesen, aber durch die Vermittlung ihrer langjährigen Freundin Chloé hatte sich schließlich eine Gelegenheit ergeben. Das Lokal lag zwischen zwei Restaurants und bot den Vorteil einer Durchgangsstraße unter den Arkaden im Stadtzentrum.

„Sarahs Stoffe"- so hatte sie ihren Laden genannt. Sie hatte ihre ganze Energie und Kreativität in den Laden investiert. Sie hatte sich besonders um ihre Internetseite gekümmert, da sie wusste, dass sie die junge Kundschaft nur so erreichen kann.

Der Laden war ganz nach ihrem Geschmack – nicht zu groß und nicht zu klein, mit einer klugen Stoffauswahl, die sich auf weiche, seidige Materialien konzentrierte. An der hinteren Wand hatte sie eine Tapete mit Modellen aus den 50er Jahren angebracht, Frauen mit Wespentaille und Kronröcken. All das, was sie nicht war. Sarah hatte eine Vorliebe für Hosen. Ihr ganzer Stolz war ihre Sammlung von Vintage-Knöpfen.

Die Kundinnen waren gekommen, junge Frauen auf der Suche nach Modellen, die einfach zu nähen waren: T-Shirts aus originellen Jerseystoffen, ausgestellte Röcke mit niedriger Taille und weite Hosen im Stil von Jogginganzügen. Die Mode war auf Vereinfachung ausgerichtet, man musste sich nicht den Kopf über Schneiderkragen oder Paspeltaschen zerbrechen. Sarah hatte auch erfahrene Kundinnen, die sich an das aufwändige Nähen einer Jacke oder eines Mantels wagten. Jeder dieser Frauen gab sie Ratschläge. Am besten gefielen ihr die Gespräche, die sich entwickelten und bei denen die Frauen miteinander wetteiferten. Schon bald kaufte sie eine Kaffeemaschine und gönnte der einen oder anderen Kundin einen Espresso oder Cappuccino, um die Freude am Kauf zu verlängern. „Sarahs Stoffe" war zu einem Ort der Begegnung und des Austauschs geworden, an dem man sich wohlfühlte und gerne verweilte. Sarah schmiedete Pläne, sie würde Nähkurse einrichten, man müsste nur den kleinen Raum neben dem Laden umbauen.

Doch die Coronavirus-Pandemie traf sie mit voller Wucht. Sie hatte gerade erst begonnen, ihre Konten auszugleichen, und musste ihren Laden schweren Herzens schließen. Am ersten Tag der Schließung konnte sie nicht anders, als in ihren Laden zurückzukehren und zwischen den Stoffrollen herumzugehen, die, für wer weiß wie lange, leblose Materie bleiben würden. Alles war so plötzlich, so unsicher, so unvorhersehbar. Als die Läden Monate später zaghaft wieder geöffnet wurden, erkannte sie ihr Geschäft nicht mehr wieder. Die Kundinnen verlangten nur zwei Kleinigkeiten, Gummiband und Baumwollstoff, um Masken zu basteln. Es war ihr seltsam vorgekommen, den Verkauf auf solche Kleinigkeiten zu beschränken. Nach und nach hatte sie sich damit abgefunden. Zwei Jahre waren vergangen, in denen sie abwechselnd geöffnet und geschlossen hatte. Ihr Umsatz war auf ein Minimum gesunken, ihr Cashflow schmolz zusehends und ihr Stofflager wurde immer größer. Warum sollte sie neue Stoffe bestellen?

Als die Pandemie zurückging, verloren die Stoffmasken ihre Aktualität, aber die Kundinnen kamen nicht zurück, als ob sich die Lust am Nähen in der Pandemie verflüchtigt hätte. Sarah verzweifelte daran, dass ihr Projekt durch ein verheerendes und zerstörerisches Virus zunichte gemacht worden war.

In dem verlassenen Café geht die Kellnerin auf Sarah zu und meldet ihr, dass es Zeit zum Schließen ist. Sie muss aufstehen und das Lokal verlassen. Sie muss weder Mantel noch Hut anziehen, sie hat sie nicht abgelegt. Sie seufzt, reißt sich zusammen. In einem Anflug von Willenskraft steht Sarah auf, durchquert den Raum und findet sich draußen wieder. Die scharfe, stechende Dezemberkälte belebt sie. Sie macht ein paar Schritte, geht die Straße entlang, die zum großen Platz führt. Jeder Mensch trägt einen Teil Unzerstörbares in sich, sagt sie sich. Ein Anruf bei Chloé ist das Dringendste, was sie tun muss.

Alice

Es kam schleichend. Alice hatte es sich zur Gewohnheit gemacht, jeden Samstagnachmittag in Modegeschäften zu stöbern, am liebsten allein. Sie wechselte gerne ihre Kleidung und verfolgte die Mode so genau wie möglich. Sie ging in die eine oder andere Boutique am Boulevard St. Germain und verließ sie mit einem Kaschmirpullover, einem Bleistiftrock, einem kleinen Schwarzen oder einem Schal mit Herzchen. Dieses Shopping-Ritual füllte ihre Wochenenden aus. Seit ihrer Scheidung war ihr Liebesleben auf ein Minimum geschrumpft.

In der darauffolgenden Woche kombinierte sie gerne die neu erworbenen Stücke mit denen, die sie bereits in ihrer Garderobe hatte. Rank, schlank und mit langen schwarzen Haaren, die sie mal auf dem Rücken, mal hochgesteckt à la Audrey Hepburn trug, zog sie die Blicke auf sich und war sich ihrer Schönheit bewusst. Außerdem wirkte der Hauch von Arroganz, die sie ausstrahlte, wie eine unsichtbare Fassade, die jeden, der sich ihr nähern wollte, verunsicherte. Und doch verlangte ihr Beruf in einem großen Verlagshaus von ihr, dass sie die Kommunikation perfekt beherrschte: Sie war Pressesprecherin.

Im Haus war bekannt, wie schnell sie frisch verlegte Bücher las und wie gut sie sich beim Verfassen von knappen Pressemitteilungen auskannte. Ihr gut gefülltes Adressbuch sorgte regelmäßig für journalistische Begegnungen, die lobende Artikel versprachen. Kurzum, sie hatte sich durchgesetzt und der Respekt, den man ihr entgegenbrachte, bestärkte sie nur darin, dass sie am richtigen Platz war.

An einem Mittwochabend ertappte sie sich dabei, wie sie einen Umweg durch die Einkaufsstraßen des 6. Arrondissements machte. Es war kein Wochenende. Sie zögerte, wäre fast umgekehrt und doch trieb sie ein unbändiges Bedürfnis, an den ihr vertrauten Marken vorbeizugehen: Max Mara, Sinéquanone, Tara Jarmon und Kenzo. Vor dem Schaufenster von Tara Jarmon blieb sie länger stehen. Sie hatte keine Wahl mehr. Sie musste den Rock mit Reißverschluss anprobieren, der dort ausgestellt war. Die Verkäuferinnen kannten sie nur zu gut. Sie begrüßten sie jedes Mal mit unverhohlener Begeisterung. Wenigstens diese Kundin würde nicht mit leeren Händen nach Hause gehen.

Alice entschied sich für den Rock und verschwand in der Umkleidekabine. Sie war sich ihrer Wahl ganz sicher. Als sie herauskam und sich im Spiegel betrachtete, war die Verkäuferin begeistert und machte ihr ein Kompliment. Dieser Rock war wie für sie gemacht, und sie musste unbedingt das passende Satintop und die gegürtete Jacke dazukaufen. Das Outfit wäre perfekt. Als Alice zur Kasse ging, überkam sie ein sofortiger Genuss. Sie hatte sich selbst etwas Gutes getan und genoss den Moment. Sie verließ den Laden mit dem Paket in der Hand. Sie hätte die ganze Welt umarmen können, denn der Kauf der Kleidung hatte in ihr eine lustvolle Erregung ausgelöst.

Doch die Euphorie war nur von kurzer Dauer. Als sie durch die Tür in ihre Dreizimmerwohnung eintrat und allein in ihrem Zimmer vor dem Spiegel stand, spürte sie, wie die Gefühle von Macht und Dominanz plötzlich verschwanden und einem Gefühl von diffuser Angst und Scham Platz machten. Sie begann, sich selbst Vorwürfe zu machen, sie hatte sich übernommen, sie hatte die Verkäuferin nach Belieben schalten und walten lassen. Diese Gefühle vernebelten ihren Abend und sie konnte nichts anderes tun, als auf den Rock, das Top und die Jacke zu starren, die auf dem Bett ausgebreitet lagen. Sie schwor sich, dass sie sich nicht noch einmal verführen lassen würde, dass sie, da sie an einem Mittwoch schwach geworden war, ein Wochenende aussetzen würde und dass ein Museumsbesuch eine gute Alternative zum Einkaufen wäre.

In den nächsten Tagen war sie zwar mit ihrer Arbeit beschäftigt – sie musste neue Strategien für die Buchmesse entwickeln –, aber ihre Gedanken konzentrierten sich immer wieder auf die Aussicht auf ein Wochenende ohne Shopping. Würde sie sich dagegen wehren können? Ihre Konzentration ließ nach und sie, die sonst so schnell ein Konzept erstellte, musste ihre Arbeit überdenken.

Es half nichts. Die Aussicht auf einen Museumsbesuch erschien ihr so trostlos, dass sie nicht lange zögerte. Sie ging wieder einkaufen. An diesem Wochenende konnte sie sich nicht entscheiden. Sie kam aus dem Geschäft heraus mit drei Pullovern auf dem Arm, einem aus beigem Kaschmir, einem aus schwarzem Mohair und einem aus nordisch gemusterter Wolle.

Sie kehrte immer häufiger in die Boutiquen zurück und war ständig auf der Suche nach dem Flash, den ihr der Kleiderkauf verschaffte. Ihr Verhalten änderte sich. Sie, die früher die Stücke mit Geschmack ausgewählt hatte, ging nicht einmal mehr in die Umkleidekabine. Sie kaufte nun im Eifer des Gefechts und wollte so schnell wie möglich den Rausch erleben. Sie hatte die Kontrolle über ihre Handlungen und ihre Garderobe verloren. Ihr Kleiderschrank quoll über und die Kleider stapelten sich in allen Ecken ihrer Wohnung. Je mehr sie kaufte, desto weniger Freude hatte sie daran, sich zu kleiden. Sie verlor sich in den verschiedensten Stilen, ob Pantherfrau, Sylphidenjungfrau, Rockerin in Leder oder klassische Dame in einem Chanel-Kostüm. Das Anziehen wurde zu einem anstrengenden Akt, der ihr ganzes Wesen allmählich zerstörte.

Im Büro gab sie weiterhin den Ton an. Keine Kollegin ahnte etwas von ihrem despotischen Lebensgefährten, mit dem sie nun ihr Leben teilte. Sie hütete ihr Geheimnis eifersüchtig. Niemand durfte von dem Tyrannen erfahren, dem sie immer mehr nachgab.

Die Komplimente, die sie für ihre Outfits bekam, waren wie ein Flammenwerfer. Jedes Mal überkam sie ein rasender Schmerz, aber sie ließ sich nichts anmerken. Sie fühlte sich zerrissen und ausgeliefert.

Es kam, wie es kommen musste. Ein erstes Schreiben der Bank, in dem man ihr höflich mitteilte, dass sie ihren vertraglich festgelegten Überziehungskredit überschritten hatte, und einen Monat später eine Mahnung. Wenn der Überziehungskredit nach drei Monaten nicht beglichen werde, drohte ihre Bank damit, sie in die Kartei der Banque de France aufzunehmen und ihr ein Bankverbot zu erteilen. Alice fühlte sich an die Wand gedrückt. Ein Gefühl der Verzweiflung und Hilflosigkeit überkam sie und ließ sie nicht mehr los.

Eines Tages, als sie durch die Straßen des 6. Arrondissements irrte, wurde sie durch eine unerwartete Begegnung aus ihrer Erstarrung gerissen. Ja, die Frau, die ihr entgegenkam, erkannte sie wieder: Es war Nicole Tessier, eine bekannte Psychologin, die vor kurzem in dem Verlag, in dem sie arbeitete, ein Buch veröffentlicht hatte. Sie hatte sie im Büro des Verlegers getroffen. Er hatte sie ihr vorgestellt.

Sie erinnerte sich an den Titel ihres Buches: *Dringlichkeit und Zeit,* ein Buch, das die Zeitkultur und die radikalen Veränderungen in den letzten Jahrzehnten analysierte. Ein Kapitel hatte ihre Aufmerksamkeit erregt, in dem die Autorin verschiedene Arten von zwanghaftem Verhalten aufzählte. Alice hatte sich gesagt, dass sie zwar nicht an Internetwahn, Spielsucht, Sportzwang oder Nymphomanie leide, dass sie sich aber in einer anderen Kategorie wiedererkennen würde: Kaufrausch.

Alles ging sehr schnell. Alice sprach die Psychologin an und half ihrem Gedächtnis auf die Sprünge. Und dort, auf dem Bürgersteig, vor dem Schaufenster von Sinéquanone, packte sie alles aus, die Lustkleidung, die zur Suchtkleidung wurde, die Suche nach dem Flash, ihre Erschöpfung, ihre Irrfahrt und ihr Leiden am Sein, wobei sie ihre Fassade in tausend Stücke zertrümmerte. Nicole Tessier war etwas verblüfft, hörte aber aufmerksam zu.

„Warten Sie!", rief sie ihr zu und kramte in ihrer Tasche. Sie holte ihr Portemonnaie heraus, öffnete es und nahm eine Visitenkarte heraus, die sie ihr reichte.

„Sie ist eine Freundin! Sie können ihr vertrauen!" Alice griff nach der Karte und las:

Gisèle Delalande, Psychoanalyse, Psychotherapie, Verhaltenstherapie.

Sie steckte die Karte in ihre Tasche und bedankte sich mit einer verweinten, hastigen Stimme. Während Nicole Tessier davonlief und ihre Absätze auf dem Pflaster des Bürgersteigs widerhallten, zog Alice die Karte hervor und betrachtete sie wie ein Sesam-öffne-dich, das sie gerade erhalten hatte. Sie hatte keine Wahl, sie musste aus dieser Misere herauskommen und würde am nächsten Tag einen Termin vereinbaren. Sie gönnte sich eine Nacht, um nachzudenken und Abstand zu gewinnen, bevor sie den großen Schritt wagte. Denn sie spürte, dass es keine leichte Aufgabe werden würde. Sie hatte ihre Probleme seit Jahrzehnten mit sich herumgeschleppt, sie hatten vor ihrer Scheidung begonnen und waren immer schlimmer geworden.

In der Nacht hatte sie einen seltsamen Traum. Sie betrat ein geräumiges Zimmer, das durch eine große Fensterfront erhellt wurde. Vor der Fensterfront standen auf einem weiß gestrichenen Sims Topfpflanzen in einer Reihe. Rechts von der Eingangstür befanden sich zwei Korbsessel, die durch einen niedrigen Tisch voneinander getrennt waren. Als sie aufwachte, erschien der Raum vor ihrem geistigen Auge wie ein realer, greifbarer Raum. Seltsam, dachte sie, ich kenne diesen Ort nicht, ich war noch nie dort.

Sie trank eine Tasse Kaffee und begnügte sich mit einem Butterzwieback. Dann wählte sie die ersten Ziffern der Nummer auf der Visitenkarte und legte auf. Sie wiederholte den Vorgang dreimal, bevor sie schließlich die gesamte Nummer wählte. Sie war fast erleichtert, als sie am anderen Ende der Leitung eine aufgezeichnete Nachricht hörte. Sie wurde gebeten, ihre Kontaktdaten zu hinterlassen, was sie auch tat.

Als sie am Abend nach Hause kam, teilte ihr eine lakonische Stimme mit, dass eine Patientin abgesagt habe und eine Woche später, am Mittwoch, dem 20. November, um 17 Uhr, ein Termin frei sei. Diese Woche wurde eine Woche der Anspannung. Wie mag diese Gisèle Delalande wohl sein? Würde die Chemie zwischen ihnen stimmen? In welchen Prozess würde sie sich begeben? Sie wusste, dass die ersten Minuten, ja sogar die ersten Sekunden des Treffens entscheidend sein würden.

In dieser Woche betrat sie nur ein einziges Mal einen Laden und verließ ihn mit einer Kapuzenjacke, die sie sofort in den hintersten Winkel ihres Kleiderschranks verbannte.

Endlich kam der Mittwoch. Sie hatte Vorkehrungen getroffen, um das Büro etwas früher zu verlassen und den Termin wahrzunehmen. Dr. Delalande hatte ihre Praxis im 6. Arrondissement in der Rue de Fleurus, sie musste nur den Jardin du Luxembourg durchqueren.

Auf der Klingel stand: Zweimal klingeln. Sie klingelte zweimal. Die Tür öffnete sich mit einem Klicken. Alice stieg die fünf Stufen hinauf, die sie zu einem ersten Treppenabsatz führten. Im Türrahmen stand eine Frau in einem langen Strickrock und einem passenden Pullover, Mitte fünfzig, mit schwarzen, quadratisch geschnittenen Haaren, die zu schwarz waren, um natürlich zu sein. Die Intensität der Farbe stand zu sehr im Kontrast zu ihrer Gesichtsfarbe. In der winzigen Eingangsdiele bat Gisèle Delalande sie, ihren Mantel auszuziehen. Sie betrat als Erste den Raum, Alice folgte ihr.

Die Fensterfront... die Korbsessel... Alice traute ihren Augen nicht. Aber ja, es gab keinen Zweifel: Sie erkannte diesen Raum wieder.

Das war ihr erster Satz: „Ich verstehe das nicht. Ich habe letzte Woche von diesem Raum geträumt, genau diese Anordnung, aber das ist unglaublich!"

Die Psychoanalytikerin, die sehr ruhig und gelassen war, erwiderte: „Ihre Therapie hat bereits begonnen!" In diesem Moment hatte Alice die Gewissheit, dass sie am richtigen Ort und in den richtigen Händen war.

Sie wusste nicht, dass sie sich von nun an in einem Ritual einrichten musste, das drei Jahre dauern sollte. Jeden Mittwoch, um 17 Uhr, klingelte sie zweimal. Sie zog ihre Jacke oder ihren Mantel aus und ließ sie auf einem Stuhl im Flur liegen. Sie betrat den Raum und setzte sich in den Sessel zu ihrer Linken, ihre Therapeutin in den Sessel zur ihrer Rechten. Es vergingen einige Sekunden der Stille, bevor sie sich unter dem eindringlichen Blick von Gisèle Delalande ins kalte Wasser stürzte. Manchmal kamen die Worte in Hülle und Fülle, manchmal stockend, aber in jeder Sitzung führte sie das Wort auf mehr oder weniger Treibsand, in mehr oder weniger tosende Gewässer. Drei Jahre harte Arbeit, um in den Brunnen ihrer Kindheit und Jugend hinabzusteigen, um jedes Mal zu der Frau zurückzukehren, die sie geworden war. Drei Jahre voller Stürze und Rückfälle, Zögern und Infragestellen, um die Wetterlage ihres Lebens zu begreifen.

Im Nachhinein würde Alice sagen, dass die Summe der Sitzungen eigentlich wenig ausmachte, aber um dieses Wenige zu erreichen, waren eben all diese Sitzungen nötig gewesen. Sie war die jüngste Tochter einer bürgerlichen Familie und die ganze Aufmerksamkeit ihrer Eltern galt ihrer krebskranken älteren Schwester. Als diese starb und ein kleiner Bruder geboren wurde, nahm er sofort alles in Beschlag. Ein kleiner König herrschte über den Haushalt. Für sie waren nur Krümel übriggeblieben. Und diese Krümel zeigten sich immer dann, wenn ihre Mutter ihr von Zeit zu Zeit ein Kleidungsstück kaufte. Für diesen kurzen Moment hatte sie das Gefühl, zu existieren. Ein Gefühl von Wohlbefinden und Glückseligkeit breitete sich in ihrem ganzen Wesen aus. Der Mechanismus hatte sich eingenistet, hatte es sich bequem gemacht, hatte sich automatisiert. Er hatte Alice unter seine Herrschaft gezwungen.

Nachdem die Wurzeln des Übels lokalisiert waren, ging es nun darum, neue Verhaltensweisen zu entwickeln. Alice begann wieder aufzutauchen.

Zunächst stellte sie eine Liste mit allen Kleidungsstücken auf, die sie besaß: eine Liste mit Röcken, Hosen, Kleidern, Pullovern, T-Shirts und Blusen, Jacken und Mänteln sowie Gürteln und anderen Accessoires. Aus Angst, die Listen würden zu lang, begann sie durchzustreichen und durchzukreuzen. Dann schritt sie zur Tat. Sie wagte es, auszusortieren, zu verkaufen, wegzuwerfen, zu verschenken und zu verscherbeln.

Sie lernte, ihre Bedürfnisse klar zu definieren, einen Laden zu betreten, ohne sich gleich auf das erstbeste Kleidungsstück zu stürzen, mit Bedacht auszuwählen und sogar, ohne etwas zu kaufen, wieder zu gehen. Monatelanges Training mit vielen kleinen Erfolgen. Langsam aber sicher baute sie ihre Schulden ab.

Als sie eines Tages an einem Friseursalon vorbeikam, hatte sie plötzlich das Bedürfnis, ihr Aussehen zu verändern. Sie ging hinein, ohne einen Termin vereinbart zu haben. Wennschon, dennschon, dachte sie sich und blät-

terte in der Zeitschrift, die der Friseur ihr in die Hand gedrückt hatte. Sie bat ihn, die Längen mit der Schere stark
zu kürzen. Ein burschikoser Haarschnitt war das, was sie
sich im Moment wünschte. Als sie wieder herauskam und
mit der Hand über ihren nackten Hals strich, fühlte sie
sich wie von einer Last befreit.

Gisèle Delalande hatte darauf bestanden, dass sie das
Einkaufsfieber durch eine Aktivität ersetzte, die sie von dieser Obsession ablenken und endgültig mit dem Shopping-
Samstag brechen würde. Sie riet ihr, die Augen offenzu-
halten und aufmerksam zu sein, ohne etwas zu erzwingen.

Eines Abends, als sie von der Arbeit nach Hause kam
und das letzte Baguette kaufte, bevor die Bäckerei schloss,
fesselte ein an der Tür klebendes Plakat ihre Aufmerksamkeit. Sie las:

Brin de cousette
Couture enthousiaste et salon de thé bavard[II]

Man pries den individuellen Austausch und die gegen-
seitige Hilfe, um schließlich das ausgewählte Modell in
einer freundlichen und entspannten Atmosphäre zu nähen. Es war von der Freude an handgenähten Kleidungsstücken und der Entdeckung der Langsamkeit die Rede.

Sie, die kaum eine Nadel einfädeln konnte, ertappte
sich dabei, wie sie die Kontaktdaten des Vereins notierte.
Noch am selben Abend besuchte sie deren Website, um
weitere Informationen zu erhalten. Die Treffen fanden
jeweils samstagnachmittags in der Rue Richard Lenoir

II   Wortspiel mit dem Ausdruck « faire un brin de causette »
(plaudern, ein Schwätzchen halten) und « cousette » (Nähetui
oder auch Nähmädchen)
Begeistertes Nähen und Plaudern bei einem Tässchen Tee

im 2. Arrondissement statt. Nähmaschinen standen zur Verfügung. Es spielte keine Rolle, ob man Neuling, Anfängerin oder erfahrene Näherin war. Was zählte, war die Einstellung.

Eine innere Stimme forderte sie auf, die Tür von *Brin de cousette* aufzustoßen, aber sie konnte nicht sagen, warum. Sie ließ sich von ihrem Instinkt leiten.

Am nächsten Samstag war sie dort.

Sie ist immer noch dort.

KLEIDER

Thailändisches Kleid

Das Foto wurde im Inneren eines Songthaew aufgenommen, das irgendwo auf der Straße entlang der Westküste der Insel Ko Samui unterwegs war. Wie üblich brach die Nacht gegen sechs Uhr abends schlagartig herein. Aber hier auf dem Foto, so erinnert sich Stella, war es bereits zehn Uhr. Sie ist in das letzte Fahrzeug gestiegen, das die Verbindung zwischen der Kleinstadt Na Thon und der Mae Nam Bay herstellt.

In ihrem Reiseführer hatte sie gelesen, dass Na Thon uninteressant und nicht besonders attraktiv sei, und genau deshalb hatte sie dorthin reisen wollen. Sie hatte einen herrlichen Tag damit verbracht, durch die Straßen zu schlendern, die Einheimischen zu beobachten und erfrischende Kokosmilch zu trinken. Und dann hatte sie in der Taweratphakdee Road den Laden gefunden, den sie gesucht hatte: ein unwahrscheinliches Sammelsurium, in dessen staubigen Regalen allerlei Nippes, gewebte oder bedruckte Baumwollstoffe und Edelsteine, die eher synthetisch als wertvoll waren, nebeneinanderstanden. Sie ging weiter und steuerte zum hinteren Teil des Geschäfts, magnetisch angezogen von den Statuetten und Buddhas, die in etwa zehn Reihen übereinander ausgestellt waren.

Schon bald war ihr Blick an einem etwa zwanzig Zentimeter hohen hölzernen Buddha hängen geblieben, der im Lotussitz mit gefalteten Händen dasaß, mit einem perfekt ovalen Gesicht und halb geschlossenen Augen. Es war dieser innere und zugleich wohlwollende Blick, den Stella als Schutz mit nach Hause nehmen wollte. Sie hat keine Sekunde gezögert. Dieser Buddha zog sie magisch an. Sie hat ihn gekauft.

Jetzt sitzt sie in dem blau und gelb gestrichenen Songthaew. Auf dem Foto sieht man sie lächelnd, den rechten Arm an die Seitenstange gelehnt, den linken Arm erhoben und die Hand an den Dachträger geklammert. Sie trägt ein ausgestelltes, ärmelloses Baumwollkleid, dessen geometrisches Muster eine ganze Reihe von Farbtönen vereint, die sich perfekt in die Umgebung einfügen. Das Gelb des Sammeltaxis wird durch den Strohton des Kleides ergänzt, das Blau durch den Farbton Blue Lagoon. Kontrastierende Farbspritzer blitzen auf, Bambusgrün, Elfenbein und Korallenrot. Sie sagt, das sei ihr Thailändisches Kleid, das sie extra für diese Reise genäht habe.

Es könnte aber auch ein amerikanisches, norwegisches oder indonesisches Kleid sein, denn was in diesem Moment zählt, ist nicht das Kleid als solches, sondern was sie in diesem Kleid erlebt, nämlich einen einzigartigen, überaus kostbaren Moment. In der dunklen Nacht auf der Insel, im Bann des knatternden Songthaews, erfasst sie plötzlich ein intensives Gefühl. Stella fühlt sich in vollkommenem Einklang mit sich selbst und dem Kosmos. Sie bewegt sich nicht, um die sie durchströmende Fülle in keiner Weise zu stören. Es ist das erste Mal, dass sie ein Gefühl grenzenloser Freiheit verspürt, hier am anderen Ende der Welt. In ihrem thailändisches Kleid.

Stella äußert einen Wunsch: Jede Frau sollte in ihrem Kleiderschrank ein thailändisches Kleid haben und es zumindest einmal im Leben ganz beseelen.

Ao dài

Als das Taxi Stella vor dem Majestic Hotel an der Ecke Tôn-Duc-Thang-Straße / Dong-Khoi-Straße absetzt, ist es bereits Mitternacht. Sie kann es kaum erwarten, ihren Koffer abzustellen und sofort zu Bett zu gehen. Der Flug kam ihr endlos vor.

Der Portier in weiß-grauem Livrée öffnet ihr das schmiedeeiserne Tor. Sie erledigt schnell die Ankunftsformalitäten und nimmt ihren Schlüssel in Empfang: Zimmer 310 mit Blick auf den Fluß *Sông Sài Gòn.* Kaum hat sie die Türschwelle überschritten, erfüllt ein alter Hit aus den 70er Jahren den Raum mit vertrauter Präsenz:

Oui, Jérôme, c'est moi, non je n'ai pas changé
Je suis toujours celui qui t'a aimé
Qui t'embrassait et te faisait pleurer[12]

Trotz ihrer Müdigkeit stimmt sie in das Lied ein, schaltet dann aber das Radio aus, legt sich hin und entschlummert sofort, wobei ihr letzter Gedanke die erfreuliche Aussicht auf den nächsten Morgen ist: ein vietnamesisches Frühstück! Um nichts in der Welt würde sie diesen besonderen Moment des Tages, in dem alles im Werden ist, verpassen.

Es ist bereits neun Uhr, als Stella die große Empfangshalle

---

12 Ja, Jérôme, ich bin es, nein, ich habe mich nicht verändert
Ich bin immer noch der, der dich geliebt hat
Der dich küsste und dich zum Weinen brachte

im Erdgeschoss des Hotels durchquert, fast eingeschüchtert von dem Gedanken, dass dieselbe Halle vor mehr als dreißig Jahren von Kriegsberichterstattern und ausländischen Spionen mit großen Schritten durchquert wurde. Eine Hostess in einem traditionellen langen Kleid weist sie mit einer Handbewegung darauf hin, dass sich der Frühstücksraum ganz hinten in der Halle befindet. Doch sie kann sich einfach auf ihren Geruchssinn verlassen: Ein Duft von Koriander und frischen Kräutern empfängt sie bereits.

Mit wachen Geschmacksknospen macht Stella einen ersten Rundgang um das Buffet. Ein Koch mit weißer Mütze preist seine Nudelsuppe an, *Pho* auf Vietnamesisch, DAS Nationalgericht schlechthin, das die Einheimischen zu jeder Tages- und Nachtzeit verspeisen. Aber eine Suppe zum Frühstück ist für ihren europäischen Magen, der an gemäßigtere Geschmacksrichtungen gewöhnt ist, eine Herausforderung. Auf ihrem Teller hat sie einige *Banh Cuon*, mit Schweinehackfleisch und schwarzen Pilzen gefüllte Teigtaschen, und *Banh Bao,* gedämpfte Salzbrötchen, gelegt. Sie lässt sich von exotischen Früchten verführen: Papaya, Mango, Mangostan und Rambutan. Nun muss sie nur noch in dem großen und hellen Raum Platz nehmen, um ihr Frühstück in aller Ruhe zu genießen.

Kaum hat sie sich an der Fensterfront zur Tôn-Duc-Thang Straße niedergelassen, wird sie von dem Spektakel, das sich vor ihren Augen abspielt, förmlich in den Bann gezogen: Ein ständiger Strom von Mopeds aller Art, von Autos, die von Motorrädern umzingelt sind, von Myriaden von Fußgängern – welch ein Gewirr! All das macht diesen unglaublich dichten, kompakten, wahrlich atemberaubenden Verkehr aus, der nie zu enden scheint.

Ein motorisiertes Ballett, dessen Choreograf sich in Luft aufgelöst hatte. Und auf den Motorrädern sind alle möglichen Konfigurationen zu sehen: ein alter Mann, ein junges Mädchen, ein Paar, eine ganze Familie, der Vater, die Mutter und die beiden Kinder. Stella greift mit ihren Stäbchen nach einem Teigtäschchen, führt es zum Mund und hebt dabei den Kopf, um das Schauspiel vor ihren Augen nicht zu verpassen. Das Knallen und Dröhnen kann sie sich nur vorstellen, denn durch die schalldichten Fenster dringen keine Motorengeräusche.

Durch das Betrachten wird sie allmählich selbst ganz Blick.

Eine Vielzahl junger Frauen, die durch eine Kappe, eine Staubmaske und lange Handschuhe, die ihre Unterarme bedecken, geschützt sind...

Ein alter Mann mit einem khakigrünen Kolonialhelm, der zu seiner alten Uniformhose passt... Mit einem Ventilator auf seinem Gepäckträger, dessen Blätter sich in Bewegung setzen...

Vier Frauen mit gebräunter Haut und kegelförmigen Hüten auf dem Kopf, die mit lebenden Enten für den Markt beladen sind...

Ein ganz abgemagerter Mann, der vollständig unter den Tischen und Stühlen, die er transportiert, verschwindet...

Und dann plötzlich kommt wie aus dem Nichts
eine neue Welle von Fahrrädern vorbei,
luftig und flüchtig in ihren weißen Seidenkleidern und
-Hosen

sechs Studentinnen im *ao dài*...

Einige Jahre später, als Stella in Kim Thúys Erzählung liest, dass dieses Kleid „scheinheilig schamhaft und trügerisch unbefangen" ist, wird ihr das Bild dieser vorbeiflatternden Studentinnen wieder in den Sinn kommen. Denn mit diesem Bild hatte sie ihre Reise nach Vietnam, ihren Flug ins Unbekannte, Neue und Unerforschte angetreten.

Tehuana-Kleider

Fünfzig Jahre nach ihrem Tod, als 2004 endlich die Türen zu ihrem Badezimmer und ihrem Ankleidezimmer in der *Casa Azul* geöffnet wurden, hielt man den Atem an. Lange hatte man auf diesen Moment gewartet, mit einem Hauch von Neugierde, gemischt mit Angst, was man vorfinden würde und in welchem Zustand. Nicht zu vergessen der spezifische Geruch, der von einem Raum ausgeht, der so lange geschlossen war. Ein stickiger und süßlicher Geruch, eine Mischung aus Feuchtigkeit, Medikamenten, Staub und einer für immer eingefrorenen Zeit. Wer in Frida Kahlos Allerheiligstes eindringt, stört die Totenruhe, verleiht aber auch den Kleidern und Gegenständen, die einst ihre waren, ein neues Leben und lässt sie in ihren sonnigsten und schmerzhaftesten Momenten wieder aufleben.

In der Badewanne befinden sich orthopädische Utensilien, Krücken und Korsetts mit Riemen. Insgesamt zählt man elf Korsetts, Gips-und Eisenkorsetts, die sie zu verschiedenen Zeiten ihres Lebens getragen hat. Das Korsett gehörte ebenso zu ihrer Garderobe wie ihre schillernde Kleidung. Doch im Gegensatz zu den Frauen ihrer Zeit, die es trugen, um ihre Taille schlanker wirken zu lassen, musste Frida es tragen, um ihre Wirbelsäule zu stützen, die sie sich 1925 bei einem schrecklichen Busunfall gebrochen hatte. Sie war damals achtzehn Jahre alt und in diesem Augenblick kippte ihr Leben.

Es ist also ein Korsett, das die Brust fesselt, die Rippen einschnürt und das Atmen verhindert. 1944 malte sie das Bild *Die gebrochene Säule*. Vor dem Hintergrund einer durch ein Erdbeben aufgesprungenen Erde erscheint sie von Kopf bis Hüfte nackt in einem durchbrochenen Metallkorsett, das den Blick auf ihren Körper und ihre Brust freigibt. Das Becken ist in ein weißes Tuch gehüllt. Der Stoff und ihre Haut sind von einer Vielzahl von Nägeln durchbohrt. Frida blickt geradeaus und gewährt dem Betrachter keine Ablenkung. Er muss sich dem Leiden stellen, das sie wie eine christliche Märtyrerin aussehen lässt. Ein körperliches Leiden, das durch das psychische Leiden einer verschmähten Liebe verdoppelt wird. Diego Riveras Untreue zermürbt sie zutiefst. Trotz ihres schweren Kummers bleibt Frida würdevoll, mit aufrechtem Kopf und stolzem Blick.

Trotz allem atmen. Atmen durch die farbenfrohen Farben ihrer Garderobe, atmen durch die weiten Röcke, die sie meistens trägt, als ob sie sich anschicken würde, mit großen Schritten zu gehen und die Welt mit einem sicheren Schritt zu erobern, obwohl ihr rechtes Bein bereits im Alter von sechs Jahren durch Poliomyelitis verkümmert war. Auf einem Foto aus dem Jahr 1948 sieht man sie auf der Terrasse des *Casa Azul* sitzen, eine Zigarette zwischen den Fingern ihrer linken Hand. Sie trägt ein *Tehuana-Kleid*, ihr Lieblingskleidungsstück, das zum Sinnbild für die Künstlerin wurde, die sie war. Ein *Huipil*, ein rechteckiges, ärmelloses Oberteil mit rundem Halsausschnitt, und ein breiter, geraffter Rock, wie man ihn in ihren Schränken an die vierzig Mal finden wird. An diesem Tag wählte sie einen karminroten *Huipil* aus Baumwollstoff, der von Hand mit Blumenornamenten bestickt war, und einen schwarzen Satinrock, gesäumt mit roten geometrischen Figuren auf einem goldgelben Hintergrund. Aus dem Rock ragt ein weißer Unterrock mit Spitzen hervor. Auf dem Foto bildet der Unterrock eine imposante, die Steinstufen bedeckende Korolle. Frida starrt in die Kamera, ganz im Hier und Jetzt.

In ihren Schränken finden sich Dutzende von roten, grünen oder schwarzen Röcken mit floralen oder geometrischen Ornamenten und Dutzende von passenden Baumwoll- oder Seiden*huipils*. Doch ein Outfit stellt eine Ausnahme dar. Wir schreiben das Jahr 1951. Im selben Jahr wurde Frida sieben Mal an der Wirbelsäule operiert. Neun Monate lang musste sie im Krankenhaus in Mexiko-Stadt das Bett hüten. Als es ihr etwas besser geht und sie in einem Rollstuhl sitzen kann, malt sie ein Porträt ihres Wohltäters, des Arztes und Chirurgen Juan Farill. Oder besser gesagt, sie malt sich selbst, während sie im Rollstuhl sitzt und in der rechten Hand ein Bündel Pinsel und in der linken Hand eine Palette mit der Rundung eines Herzens hält. Sie hat das Porträt von Dr. Farill wie ein Votivbild auf die Staffelei gestellt. Was auffällt, ist ihre Kleidung. Ein weiter weißer *Huipil,* der ihr bis zu den Knien reicht, ein zapotekischer *Huipil* aus Yalalag. Keine Verzierungen außer einem Zopf und zwei Quasten aus Viskosegarn am Halsausschnitt. Darunter ein breiter schwarzer Rock, der ihr bis zu den Füßen reicht. Das Gesicht ist vom Leiden ausgemergelt. Frida ist in Schwarz und Weiß gekleidet und verabschiedet sich von der Farbe, als ob sie bereits ahnte, dass das Le-

ben aus ihren Adern weicht und sie sich auf das Jenseits
vorbereiten muss. Es bleiben ihr nur noch drei Jahre.

Das Kleid der Zwietracht

Es gibt Kleider, die nicht harmlos sind. Oder ist es der Rahmen, in dem sie getragen werden, der ihnen eine unerwartete Aura verleiht und eine Geschichte hervorbringt, die über sie hinausgeht?

Wir schreiben den 17. Juli 2012 in der Nationalversammlung. Während der Regierungsbefragung spricht ein Abgeordneter Cécile Duflot, die damalige Ministerin für Gebietsgleichheit und Wohnungsbau, auf den Großraum Paris an. Diese steht von ihrem Platz auf und ergreift vor der Versammlung das Wort. Es gibt Buhrufe und Pfiffe, unerhörten Spott, das Chaos erreicht seinen Höhepunkt. Schließlich beginnt die Ministerin ihre Rede mit den Worten: „Meine Damen und Herren Abgeordnete, aber vor allem meine Herren offensichtlich...". Was geht hier vor? Die Rufe zielen auf die Kleidung der Ministerin. An diesem Tag trägt sie ein einfaches Kleid mit Dreiviertelärmeln, das bis zum Knie reicht. Es ist tailliert, aus einem Stoff mit großen blauen Mustern auf weißem Grund geschnitten und hat kein großes Dekolleté. Es ist ein Kleid, das an den Look der 50er Jahre erinnert. Es ist ein Kleid, das vor allem den anwesenden Männern ins Gedächtnis ruft, dass die Weiblichkeit das Hohe Haus erobert hat und in den geordneten Reihen der Anzüge und Krawatten, in denen Farbe nicht erwünscht ist, für Unordnung sorgt.

Eine Modellistin hat das Kleid entworfen. Eine Schnittmustermacherin hat das Schnittmuster erstellt. Eine Schneiderin hat es zugeschnitten. Eine Näherin hat es zusammengesetzt und genäht. Eine Fertigungsleiterin hat es beaufsichtigt. An diesem 17. Juli 2012 verlässt das Kleid die Welt der Frauen und tritt in die Welt der Männer ein. Das Aufsehen ist gewaltig. Die Nationalversammlung duldet keine Abweichungen von der Kleiderordnung. Bereits 1985 musste der damalige Kulturminister Jack Lang dafür büßen, als er in einem Anzug von Thierry Mugler mit Mao-Kragen und ohne Krawatte erschien.

Im Jahr 2016 entschied sich das *Musée des Arts décoratifs* dafür, diese beiden Kleidungsstücke im Rahmen einer Ausstellung mit dem Titel *„Tenue correcte exigée, quand le vêtement fait scandale"*[13] zusammen in einer Vitrine auszustellen.

Es gibt keine vorab festgelegten Regeln für die Kleidung von Frauen in der Politik. Jeden Tag müssen sie sich einem subtilen Balanceakt unterziehen, um den Normen des Anstands und der Schamhaftigkeit, dem Respekt vor dem Gesprächspartner, der Würde des Amtes, der Bescheidenheit und Diskretion sowie der Modernität ohne Frivolität gerecht zu werden. War das blau gemusterte Kleid auf weißem Grund zu sommerlich für den feierlichen Rahmen der Versammlung? An diesem Tag war es das Auftreten und nicht das Wort, das die Aufmerksamkeit auf sich zog.

Um die Herausforderung anzunehmen und im Namen der generationübergreifende Weitergabe wendet sich die jüngste grüne Abgeordnete, die im Juni 2022 gewählt wurde, Marie-Charlotte Garin, an Cécile Duflot. „Würden Sie mir Ihr Kleid für die Eröffnung der sechzehnten

---

13   Richtiges Outfit erforderlich. Wenn Kleidung einen Skandal auslöst

Legislaturperiode leihen?" Als die junge Abgeordnete hervortritt und ihren Stimmzettel in die Wahlurne wirft, wird ihr Outfit als Augenzwinkern und Hommage an all die Frauen wahrgenommen, die vor dieser jungen Generation um ihren Platz gekämpft haben, und als Botschaft, dass die Feministinnen zur Stelle sind. Am 28. Juni 2022 ist in der Nationalversammlung kein Pfeifen mehr zu hören. Cécile Duflot kann das Kleid in ihrem Schrank verstauen. Wird sie es eines Tages wieder hervorholen müssen?

Brautkleider

Sie warten auf dem Kleiderständer in Abstufungen von makellosem Weiß, pudrigem Rosa bis zum goldenem Ecru. Mit oder ohne Spitze. Immer ein Dekolleté, vorne und hinten, ein schwindelerregender Ausschnitt, in dem der Busen ins rechte Licht gerückt wird. Sie erwarten schlanke Körper und zierliche Taillen, schmale Schultern und üppig geschwungene Brüste.

Sie bieten Träume und Chimären, luftige Stoffe für einen Tag, der zeitlos, leicht und schwebend sein soll, für einen Tag, der der schönste im Leben wird, zumindest ist das das Lied aus vergangenen und gegenwärtigen Zeiten. Auf dem hellen, glatten Holztisch stehen Prinzessinnenschuhe mit Pfennigabsätzen, Girandolen aus Perlen und Blattgold, Fotos von Braut und Bräutigam mit Pepsodent-Lächeln.

Bridal Boutique heißt die junge Frau willkommen, die auf der Suche nach dem ultimativen Kleid ist, das sie zu der verführerischen und freizügigen Frau macht, die sie unbedingt verkörpern möchte. Sobald sie die Klinke der Eingangstür gedrückt hat, genießt die junge Frau die Atmosphäre eines Wohnzimmers mit Sofa, Couchtisch und Spiegel. Auf ihrer Website beschreibt *Bridal Boutique* die Frau als eine vor Erotik glühende Fata Morgana: Sie ist selbstbewusst, unkonventionell, energiegeladen, lässig, kühn und elegant. Junge Frauen mit Komplexen sollten lieber weitergehen.

Die junge Frau kommt selten allein, sondern umgibt sich mit ein oder zwei Freundinnen, manchmal sogar mit drei, ihre Mutter wird in die Ecke gedrängt. Die Freundinnen begeben sich auf einen Marathon, flattern von Boutique zu Boutique, von Stadt zu Stadt, von Anprobe zu Anprobe. Die Wahl des Hochzeitskleides ist ein *Event,* wie sie es nennen, ein Ereignis, das sie auf keinen Fall verpassen wollen, ein Rausch, der sie in dieser Welt aus Seidenchiffon, Satinkrepp, Duchesse, Taft, Faille und Organza erfasst.

Es ist Samstagmorgen. Markttag. Das Geschäft ist in ein warmes Licht getaucht und Katharina, die Geschäftsführerin, steht bereit. Sie empfängt die junge Frau zur Anprobe. Diese wagt es, sich dem Spiegel zu stellen und nach Fehlern Ausschau zu halten, die das perfekte Bild der verführerischen und freizügigen Frau stören könnten. Das Urteil des Spiegels ist unerbittlich. Sie dreht sich um die eigene Achse, steht gerade, legt die Hände auf die Hüften, dreht sich erneut und blickt zu ihren Freundinnen auf dem Sofa. Katharina rückt eine Falte zurecht, geht zurück, lächelt das Mädchen an, macht eine zurückhaltende Bemerkung.

Stella geht an dem Geschäft vorbei, bleibt stehen und beobachtet das Karussell, das sich jeden Samstagmorgen vor ihren Augen in Bewegung setzt. Sie ist wie magnetisiert von diesem wöchentlichen Schauspiel, den Mädchen in ihren sexy Kleidern, dem Spiegelbild und diesem fragenden Lächeln, das ihr die jungen Frauen manchmal durch die Fensterscheiben zuwerfen. Und was denken Sie?, scheinen sie zu fragen. Stella kann es nicht fassen, wie selbstbewusst die Mädchen sind und wie ihre Körper durch die unsichtbare Glaswand, die sie wie in einem Stummfilm von der Betrachterin trennen, zur Schau gestellt werden. Es wäre unanständig, noch länger auf dem Bürgersteig zu stehen. Stella geht weiter, auf den Marktplatz zu. Sie erinnert sich.

Auf dem Foto posiert sie in einem Hochzeitskleid mit einem blau-weiß-roten Brautstrauß in der Hand. Der Gedanke, ein Kleid zu kaufen, war ihr damals nicht einmal in den Sinn gekommen. Auf keinen Fall hätte sie ein klassisches Hochzeitskleid tragen wollen, wie es im *Pronuptia* -Katalog angepriesen wurde. Sie kaufte ein Stück weißen Kreppstoff mit kleinen dunkelblauen Sternen. Sie nähte sich eine Kombination aus einer Bluse mit Claudine-Kragen und einem wadenlangen Rüschenrock und steckte ihr Haar zu einem Dutt hoch. Kein Friseur, kein Makeup. Heiraten war so einfach, man musste nur den Termin und das Restaurant buchen. Wenn Stella heutige Hochzeitsplanungen durchsieht, wird ihr schwindelig. Die horrenden Summen, die für die Veranstaltung bereitgestellt werden, lösen bei ihr ein Unbehagen aus.

Noch nie war eine Hochzeit so ein Business, dachte sie. Als ob die prunkvolle Feier das Schicksal abwenden und vergessen machen wollte, dass es am Ende fast in jedem zweiten Fall zu einer Trennung kommen würde. Im Zeitalter von #MeToo beschäftigt sie eine Frage: Wie schafft die junge Frau den Spagat zwischen dem verführerischen Hochzeitskleid und einer Bewegung, die Forderungen stellt? Stella würde gerne durch die Tür von *Bridal Boutique* gehen, sich auf das Sofa setzen und das junge Mädchen bitten, sich neben ihr niederzulassen. Zwischen der werdenden und der gewordenen Frau würde ein Dialog entstehen. Aber der Dialog ist schon da, in greifbarer Nähe. Frauen sagen aus, schreiben Bücher, holen Geschichten über Grapschen, Vergewaltigung und Inzest aus den Tiefen ihres Gedächtnisses hervor. Sie setzen etwas Neues in Gang und sind wachsam. Stella ist zuversichtlich. Das Mädchen in dem sexy Kleid trägt die Kämpfe vergangener Generationen in sich. Ihr eigener Kampf wird ein anderer sein. Sie wird ihren Weg finden, wenn auch auf vielen Umwegen.

Das Leben der Kleider

Bei Kleidern weiß man nie, für welches Leben sie bestimmt sind. Sie entscheiden unbeirrt über ihr Schicksal. Und das ist auch gut so.

Es ist vier Uhr nachmittags. Es ist bereits dunkel, auf den Tischen brennen Kerzen. Eine weihnachtliche Stimmung, denke ich mir, als ich das *Café Bairro* am Marktplatz betrete. Mein Blick wandert von einem Tisch zum anderen, aber in dieser Sekunde erhebt sich im hinteren Bereich des Cafés eine Frau aus dem niedrigen Sessel, in dem sie Platz genommen hat, und breitet ihre Arme weit aus. Das muss Milena sein, denke ich und steuere den hinteren Bereich des Cafés an. Wir umarmen uns, als ob wir uns schon ewig kennen würden. Es ist das erste Mal, dass wir uns hier begegnen. Milena trägt ein ausgestelltes Jerseykleid, das mit perlgrauen Chrysanthemen auf einem auberginefarbenen Hintergrund bedruckt ist. Ein Kleid, das ich nur zu gut kenne. Über das Kleid hat sie eine lange, hellgraue, grobmaschige Strickjacke gezogen. Das Outfit betont ihre Gesichtszüge. Aus ihrem halb geöffneten Rucksack ragt ein weiteres Kleid heraus, schwarz-weiß diesmal, eng geschnitten aus italienischer Wolle. Ein Kleid, das ich ebenfalls nur zu gut kenne. Der Kellner kommt und wir bestellen einen *Chai Latte.* Milena sieht mich erwartungsvoll an. Sie ist ganz Ohr. Ich will anfangen zu erzählen, aber sie unterbricht mich. „Heute trage ich dieses Kleid zum ersten Mal. Heute Morgen, als ich an einer Veranstaltung der Universität teilnahm, sprachen mich zwei unbekannte Frauen an und wollten wissen, wo ich das Kleid gekauft hatte. Ich war verwirrt, was sollte ich ihnen antworten? Second-Hand-Laden, das hätte es entwertet, ihnen erzählen, dass ich am Nachmittag mit der Frau, die es genäht hat, verabredet war, das war zu kompliziert, also stammelte ich, dass eine Freundin es für mich genäht habe. Und im Grunde habe ich doch gar nicht so sehr gelogen, oder?"

Einen Monat zuvor hatte ich nach langem Zögern beschlossen, mich von diesen beiden Kleidern zu trennen und sie in einem Second-Hand-Laden in meiner Nähe abzugeben. Die Entscheidung war mir nicht leichtgefallen. Ich hing an ihnen, sie waren das Ergebnis meiner Schneiderkunst, aber ich trug sie nicht mehr. Warum sollte ich sie im Schrank hängen lassen? Warum sollte ich ihnen nicht ein zweites Leben schenken? Als ich den Laden verließ, kam in mir der starke Wunsch auf, die Frau kennenzulernen, die sie kaufen würde. Denn ich hatte eine plötzliche Eingebung und war überzeugt, dass es sich nur um eine einzelne Kundin handeln würde. Ich verdrängte den Gedanken, weil er mir so unwahrscheinlich und unglaubwürdig erschien. Mit leeren Händen ging ich nach Hause und erinnerte mich an die Entstehungsgeschichte meiner Näharbeiten.

Das schwarz-weiße Kleid hatte ich 2014 genäht. Es war das erste Mal, dass ich ein Winterkleid nähte. Der wollige Stoff, den ich bei Frau Kowalski gefunden hatte, war mir auf Anhieb ins Auge gesprungen. Ich hatte mich für ein enganliegendes Modell mit Einsätzen vorne und Prinzessinnen-Nähten entschieden.

Als das Kleid fertig war, hatte mich ein zwiespältiges Gefühl ergriffen. Auf der einen Seite wie eine Erfüllung, auf der anderen Seite ein diffuses Zögern, vielleicht zu feminin. War das Kleid eine Traumwelt? Ich hatte es in die hinterste Ecke des Kleiderschranks verbannt und auf den Moment gewartet, in dem ich mit mir im Einklang war. Denn solch ein Kleid zu tragen, solch ein Kleidungsstück ganz auszufüllen, erfordert einen besonderen Geisteszustand. An einem Sonntag im Januar, als die Weihnachtsfeiertage gerade erst vorbei waren, hatte Carole eine Tea Party organisiert, um ihren Geburtstag zu feiern. Es waren nur Frauen eingeladen, hatte sie mir gesagt. Der Zeitpunkt war gekommen. Ich zog mein Kleid an. Heute erinnere mich an einen glücklichen Moment, in dem ich nicht unter meiner Kleidung litt, sondern über sie triumphierte. Es vergingen die Jahre und mit ihnen kam eine Vorliebe für dehnbare Stoffe. Das Kleid war in den hintersten Winkel des Schranks zurückgekehrt.

Eine unbändige Freude hatte mich erfasst, als ich an einem Tag im September 2020 bei Frau Kowalski einen Chrysanthemen-Jersey-Stoff entdeckt hatte. Mich packte sofort der Wunsch, diesen Stoff zu verarbeiten, das Schnittmuster für ein Sommerkleid zu übernehmen und daraus eine Winterversion mit langen Ärmeln anzufertigen. Ich hatte nicht gezögert. Frau Kowalski hatte mich gewarnt. Können Sie mit solchen Drucken umgehen? Und ohne lange zu zögern, hatte sie mir einige Tipps gegeben. Schneiden Sie jedes Stück einzeln zu, damit Sie genau sehen können, welche Muster entstehen! Vor allem keine großen Blumenmuster im Brustbereich, sondern kleine Blumen! Und die Rundung der Ärmel, Madame, das ist ein Couture-Kleid, das Sie nähen, also ein anderes Muster auf jeder Rundung! Ich fühlte mich wie auf der Schulbank. Ja, Frau Lehrerin, ich werde Ihren Anweisungen Folge leisten. Ich hatte das Kleid mit Freude genäht und war mir meiner Sache sicher. Als dann die Zeit kam, es zu tragen, überkam mich ein seltsames Gefühl, als ob das Kleid, das ich für mein eigenes hielt, sich plötzlich von mir entfernte und eine Unstimmigkeit zwischen dem Gesicht und dem angezogenen Körper sichtbar wurde. Verzweifelt verstaute ich es wieder in im Schrank. Nach mehreren Versuchen musste ich mich den Tatsachen stellen. Ich war nicht ich, ich hatte dieses Kleid für eine Frau genäht, die nicht die Frau war, die ich bin.

Eine Woche nachdem ich meine Kleider in der Boutique abgegeben hatte, ging ich vorbei, um zu sehen, wie sie in der bunten Reihe der zum Verkauf angebotenen Kleider wirkten. Mein schwarz-weißes Kleid war verschwunden und ich fand es auf einem Stuhl liegend. Es war wohl von einer Kundin anprobiert worden. Ich suchte verzweifelt nach meinem Chrysanthemenkleid. War es vielleicht gestohlen worden? Ich erkundigte mich bei der Verkäuferin, die mit mir die Kleider auf dem Ständer durchging und es zwischen zwei anderen Kleidern versteckt fand. Aus dem Augenwinkel sah ich, dass eine Kundin im hinteren Teil des Ladens stand und unser Gespräch verfolgt hatte.

Einen Tag später beendete ich gerade mein Mittagessen, als eine Nachricht des *Französischen Instituts* in Mannheim in meinem E-Mail-Postfach erschien und mich neugierig machte. Ich hatte keine Lesung in Aussicht. Sie leiteten mir eine E-Mail weiter, die mir eine gewisse Milena geschickt hatte:

Wir haben uns gestern Nachmittag verstohlen im Second-Hand-Laden „Stil echt" in der Ladenburgerstraße getroffen. Ich hatte Ihr schwarz-weißes Kleid bereits neben der Kasse abgelegt. Ihr kurzer Besuch hat mich dazu veranlasst, nach Ihrem zweiten Kleid zu fragen... Ich habe beide gekauft. Wenn Sie möchten, können wir uns auf einen Kaffee treffen, und ich werde eines der beiden tragen! Eine Künstlerin freut sich sicher, wenn sie ihre Werke sieht!

Herzliche Grüße
Milena

Ich konnte es nicht fassen. Mein Wunsch wurde Wirklichkeit! Milena gab mir ihre Kontaktdaten. Ich rief sie sofort an. Sie war durch mein *An Huo* Logo auf den Kleidern neugierig geworden, hatte im Internet recherchiert und meine Spuren gefunden. Da sie meine E-Mail-Adresse nicht hatte, hatte sie sich an das *Französische Institut* in Mannheim gewandt, wo ich im Rahmen der Veröffentlichung meines letzten Buches eine Lesung gehalten hatte.

Weißt du, meine Neugier war sehr schnell geweckt, erzählt mir Milena und nimmt einen Schluck Tee. Ich wollte wissen, aus welchem Material dein Kleid ist, aber ich konnte kein Etikett finden. Seltsam, dachte ich mir. Und dann habe ich das *An Huo* Logo entdeckt. Die Verkäuferin bestätigte mir, dass die Kleider handgenäht waren. In diesem Moment wusste ich, dass diese Kleider, wenn sie sprechen könnten, auch sprechen würden. Kaum warst du im Laden, warst du auch schon wieder weg. Ich wollte dich kennenlernen.

Wir tauschen uns ungezwungen aus. Milena stammt aus Slowenien, ist neunundfünfzig Jahre alt und arbeitet ganztags an der Universität. Sie hat wenig Freizeit und freut sich schon auf den Ruhestand. Was mir auffällt, ist, dass sie mich um acht Zentimeter überragt. Wie kann ihr das Kleid passen?, fragt sich die Schneiderin in mir. Als sie aufsteht, bemerke ich, dass es ihr über das Knie reicht. Du trägst es anders, sage ich zu ihr. Gut, aber anders.

Inzwischen ist die Nacht angebrochen. Als wir uns voneinander verabschieden, tragen wir das Gefühl in uns, gemeinsam wie Kett- und Schussfäden einen seidenen Stoff gewebt zu haben. Es entstand das Gefühl einer Verbundenheit jenseits aller Äußerlichkeiten.

Geheimes Kleid

In der Schneiderei des Buckingham-Palastes eilt Angela Kelly geschäftig hin und her, von einer übersteigerten Betriebsamkeit erfüllt, die ein neuer Auftrag mit sich bringt. Sie ist die Assistentin und Beraterin der Königin in Sachen Garderobe. Die Modezeichnung wurde angefertigt, der Stoff ausgewählt. Das Modell wurde von Ihrer Majestät abgesegnet. Ein pfirsichfarbenes Cocktailkleid aus Spitze, das durch eine Besonderheit auffällt, die es in der Garderobe Ihrer Majestät noch nie gegeben hat: Der untere Teil des Kleides besteht aus Plissee, das für einen bequemen Gang sorgen soll. Die ganze Aufmerksamkeit der Schneiderinnen galt der Wahl der Farbe. Wie üblich sollte die Königin eine kräftige Farbe tragen. Man sollte sie schon von Weitem erkennen können. Aber was soll man wählen, wenn Blau, Gelb, Schwarz, Weiß, Grün und Rot von vornherein ausgeschlossen sind? Denn der Anlass ist dieses Mal einer der symbolträchtigsten: Die Königin muss die Eröffnung der Olympischen Sommerspiele, die am 27. Juli 2012 in London stattfinden, offiziell erklären. Es ist das zweite Mal, dass sie sich dieser Pflicht stellt. Im Jahre 1976 hatte sie die Olympischen Spiele in Montreal eröffnet. Ihre Majestät ist das einzige Staatsoberhaupt, das zwei Olympiaden in zwei verschiedenen Ländern eröffnet.

Sie darf unter keinen Umständen eine der olympischen Farben tragen, aus Gründen der Neutralität. Die Farbe Pfirsich kommt in keiner Flagge vor und wird daher nicht zu Zweideutigkeiten führen. Da die Zeremonie am Abend stattfindet, trägt die Königin keinen Hut, sondern einen Haarreif, der mit Straußenfedern, Perlen, Pailletten und Glasblumen geschmückt ist, die zu den Farbtönen des Kleides passen.

Eine Sache gibt Angela Kelly und ihrem Team Rätsel auf. Es wurde der Auftrag erteilt, zwei identische Kleider anzufertigen, und das unter strengster Geheimhaltung. Zwei identische Kleider für einen einzigen Anlass? Zu welchem Zweck? Die beiden Kleider dürfen niemals auf der Arbeitsfläche nebeneinander liegen, man sollte entweder an einem oder am anderen Kleid arbeiten, *dress one or dress two,* niemals an beiden gleichzeitig. Die Näherinnen tun dies, weil sie sich bewusst sind, dass sie an einem Abenteuer teilnehmen, dessen Ausgang sie noch nicht kennen. Die Kleider werden pünktlich geliefert, keine Indiskretion dringt durch die Palastmauern.

Am Abend des 27. Juli verfolgen zweiundsechzigtausend Zuschauer im Stadion und eine Milliarde Fernsehzuschauer weltweit live ein wirbelndes Spektakel aus Farben, Musik, Tanz, Choreografien und Lichteffekten. Ein Zittern des Erstaunens und der Verblüffung geht durch das Stadion, als plötzlich James Bond, der auf dem Rücksitz eines Londoner Taxis sitzt, auf den Bildschirmen erscheint und in den Hof des Buckingham-Palastes einfährt. Die beiden königlichen Corgis begrüßen ihn frenetisch auf der Treppe. James Bond steigt fröhlich die Stufen hinauf und wird zu den Gemächern der Königin geleitet. Die Königin sitzt an ihrem Schreibtisch und ist von hinten zu sehen. Sie tut so, als würde sie ihn nicht eintreten hören. Die Uhr zeigt 20:30 Uhr, James Bond hustet, die Königin wendet sich um, steht auf und begrüßt ihn: *Good evening, Mr. Bond!* Als wäre es das Natürlichste der Welt, geht sie auf den Ausgang zu, gefolgt von Mr. Bond. Die beiden Corgis amüsieren sich prächtig. Aber bald darauf, enttäuscht, sehen sie desillusioniert, wie ihre Herrin mit ihrem Geheimagenten in einem Hubschrauber verschwindet. Die Maschine fliegt über London und seine symbolträchtigen Orte wie die Wilson-Säule, Big Ben oder die Statue von Winston Churchill am Parliament Square. Überall jubeln die Londoner der Königin und ihrem Komplizen zu. Dann fliegt der Hubschrauber über die Themse, zwischen den beiden mit den olympischen Ringen geschmückten Brücken der Tower Bridge hindurch. Als er über dem Stadion ankommt, verharrt er in der Luft, während James Bond die Seitentür des Hubschraubers öffnet. Die Königin in ihrem pfirsichfarbenen Spitzenkleid stürzt sich in die Tiefe, gefolgt von ihrem Geheimagenten, wobei beide einen Fallschirm in den Farben des *Union Jack* öffnen. Dann ertönt die Musik des *James Bond Theme* und die Zuschauer halten den Atem an. Wird Ihre Majestät den Sprung meistern?

Die Näherinnen, die die Szene im Fernsehen verfolgen, beginnen zu lächeln und verstehen. Das gilt auch für Angela Kelly. *Dress one or dress two, of course!* Für die Zweitbesetzung brauchte man ein zweites Kleid! Von ihrer exakten Replik hing der Erfolg des Kurzfilms ab.

Gleich darauf erscheint Elisabeth II. auf der Ehrentribüne des Stadions, gut frisiert, gut gekleidet, ruhig und formell. Sie wird von ihrem Ehemann, dem Herzog von Edinburgh, und dem Präsidenten des Internationalen

Olympischen Komitees, Jacques Rogge, begleitet. Der *Union Jack* wird gehisst und der *Kaos Signing Choir* singt die erste und die dritte Strophe der Nationalhymne. Kurz nach Mitternacht erklärt die Königin die Spiele für offiziell eröffnet. Ein imposantes Feuerwerk beendet die Zeremonie.

Die Briten werden sich noch lange an ihre Königin erinnern, die zum denkwürdigsten *James Bond Girl* der Geschichte wurde. Für diese inoffizielle Rolle erhielt sie einen Ehren-Bafta, eine verdiente Auszeichnung, zumal sie ihre Beteiligung an dem Kurzfilm geheimgehalten hatte. Weder Charles, William noch Henry hatten etwas von den Vorgängen mitbekommen. Auf den Bildschirmen entdecken sie eine schelmische Königin, die ihre Kinder, Enkel und Urenkel ins Schwitzen bringen kann.

Virtuelles Kleid

Ich bin ein virtuelles Kleid, das aus der Inspiration eines digitalen Designers entstanden ist und von einem digitalen Schneider zugeschnitten wurde. Ich werde nie auf einem Bügel in einem Kleiderschrank hängen, nie betastet, nie anprobiert und nie bewundert werden. Ich möchte etwas richtigstellen. Ich werde im wirklichen Leben nicht bewundert werden; kein Mann, keine Frau wird sich auf der Straße nach mir umdrehen. Aber in meinem Universum, das sich Metaversum nennt, werde ich Likes bekommen. Ich mag Likes, ich bin versessen darauf. Ich werde mich in sozialen Netzwerken vorstellen, ich werde meinen Avatar in Videospielen einkleiden.

Ich kann billig sein, aber ich kann auch horrende Preise erzielen – wie im richtigen Leben. Ich werde in NFT bezahlt, was meine digitale Authentizität sicherstellt. Die jungen Frauen, die mich aussuchen, gehören zur Generation Z. Sie wurden während der digitalen Revolution geboren und sind mit ihr aufgewachsen. Sie heißen Lea, Manon, Camille, Chloé, Emma, Océane oder Laura. Sie kennen alle Websites für virtuelle Mode. Sie stöbern sich von einer Kollektion zur nächsten durch und speichern die ausgewählten Modelle in ihren Favoriten. Für den Valentinstag wählt Lea das Herz-Kleid, Emma das Liebesschloss-Kleid und Océane das Rosenblätter-Kleid. Auf der Verkaufswebsite stellen die drei Mädchen ein Foto von sich in Unterwäsche oder im Badeanzug ein. Der digitale Schneider passt das ausgewählte Kleid an das eingesandte Foto an. Zweiundsiebzig Stunden später sitzen die Mädchen in Jogginganzügen auf dem Sofa und überschwemmen die sozialen Netzwerke mit dem neuen Foto in ihrem Traumoutfit.

Lea beglückwünscht sich, der Nachhaltigkeit den Vorzug gegeben zu haben. Vor einigen Jahren kaufte sie Kleidung im Internet, packte sie aus, zog sie an, posierte und postete ihr Foto, bevor sie die bestellten Kleidungsstücke zurückschickte. Heute ist sie stolz darauf, dass sie keine Textilabfälle und keine Treibhausgasemissionen mehr produziert. Die Energie, die sie verbraucht, hat sie sich nicht bewusst gemacht.

Ich bin ein virtuelles Kleid. Um mich zu entwerfen, hat Camille den Nesselstoff gegen das Mauspad ausgetauscht. Das Muster dafür wählt sie aus einer Auswahl digitaler Stoffe. In der Modeschule, in der sie eine „Meta-Wear"-Klasse besucht, macht sich Camille mit digitaler Mode vertraut. Sie weiß, dass ihre Zukunft von diesem doppelten Know-how abhängen wird, dem der realen und dem der digitalen Mode. Sie liebt es, zwischen den beiden Welten hin und her zu pendeln und die Grenzen aufzuheben. Ihr Lieblingsdesigner ist André Courrèges. Sie blättert in den Büchern, die ihm gewidmet sind, und findet dort eine unerschöpfliche Inspirationsquelle. Denn obwohl Courrèges im wahren Leben zu Hause ist, haben seine Kollektionen den Charakter futuristischer Mode, die zweifellos ins Metaversum passen würde. In den sechziger Jahren sorgte er mit der Einführung einer funktionalen und klar strukturierten Mode für Furore. Er propagierte das Tragen von Miniröcken und Hosen. Seine PVC-Kleidung, seine weißen Kleider, seine kosmisch inspirierte Kollektionen haben nichts an Modernität eingebüßt, denkt sich Camille, wenn sie mit der Maus klickt. Während Courrèges in der Besonderheit der Materialien eine Bremse für seine Kreationen sah, genießt Camille grenzenlose kreative Freiheit. Sie macht sich keine Gedanken darüber, wie das Material aussieht oder wie das Kleidungsstück fällt. In der virtuellen Mode erlebt sie die völlige Abschaffung von Zwängen. Auf dem Bildschirm entstehen Stücke aus unwirklichen Materialien wie irisierendem Metall oder Eis. Das Model, das sie trägt, scheint in einer Traumwelt zu schweben.

Ich bin ein virtuelles Kleid. Ich bewege mich in den Weiten des Metaversums, aber ich sehne mich nur nach einem: eines Tages die Weichheit menschlicher Haut zu spüren, die Wärme und den süßen Duft, der von ihr ausgeht.

Inhalt

KLEIDER

Weitere Werke von Annie Huault

Lettres à Matteo Ricci, Paris, Bayard, 2010
Le peintre de Qianlong, Paris, BoD, 2016
Blanche, Paris, BoD, 2020
Gabriele Münter, la Penseuse, Paris, BoD, 2022